방학여행 베트남

방학여행 베트남

아이 둘과 함께 떠난 17일간의 즐거운 일탈

초 판 1쇄 2025년 01월 16일

지은이 Summer
펴낸이 류종렬

펴낸곳 미다스북스
본부장 임종익
편집장 이다경, 김가영
디자인 임인영, 윤가희
책임진행 안채원, 이예나, 김요섭, 김은진, 장민주

등록 2001년 3월 21일 제2001-000040호
주소 서울시 마포구 양화로 133 서교타워 711호
전화 02) 322-7802~3
팩스 02) 6007-1845
블로그 http://blog.naver.com/midasbooks
전자주소 midasbooks@hanmail.net
페이스북 https://www.facebook.com/midasbooks425
인스타그램 https://www.instagram.com/midasbooks

© Summer, 미다스북스 2025, *Printed in Korea*.

ISBN 979-11-7355-036-2 03810

값 20,000원

미다스북스는 다음세대에게 필요한 지혜와 교양을 생각합니다.

아이 둘과 함께 떠난 17일간의 즐거운 일탈

방학여행

베트남

Summer 지음

미다스북스

모든 여행은 수도부터, 하노이!

다낭, 호이안과 사랑에 빠지다

화려한 도시, 호찌민

투본강 위의 소원배

#호이안

이른 아침의 한가로운 투본강

#호이안

베트남 전통모자를 쓴 아주머니가
자전거 위의 꽃을 정리하고 있다

#하노이

Prologue

시작은 이랬다.

22박 24일의 긴 말레이시아 여행의 마지막 도시는 역사 도시 말라카였다. 아이들도 나도 말레이시아 음식이 적응되지 않아서 꽤 고생했다. 아이들은 직접 만든 한국식 밥을 가장 맛있게 먹었고 나 역시 그랬다. 볼 것도 많고 할 것도 많고, 사람들마저 따뜻하고 다정한 나라 말레이시아. 누가 말레이시아를 노잼 나라라고 했던가. 정말 재미있었던 나라, 말레이시아다. 하지만 가장 어려웠던 한 가지는 바로 음식이었다. 음식이 맞지 않았다기보다는 말레이시아 본토 음식에 대한 매력을 미처 느끼지 못한 것이라고 말하고 싶다.

여행 막바지에 이르러서는 도저히 말레이시아 음식을 못 먹겠기에 무심코 숙소 앞에 있는 베트남 쌀국숫집에 방문해 보았다. 우리는 하노이식 쌀국수 두 개와 스프링롤, 그리고 망고주스를 시켰다. 아니, 이게 무슨 일인가. 여행 내내 말레이시아 음식에는 전혀 입을 못 대던 둘째 아이가 너무나도 맛있게 잘 먹는 게 아닌가. 안 그래도 마른 아이가 살이 점점 더 빠지고 있던 터라 정말 기뻤다. 아이들이 태어난 후 베트남 쌀국수는 사 먹어 본 적이 없었다. 말레이시아 여행에서 대체로 그랬듯이, 말라카에 도착해서도 우리에게 적당한 음식점을 찾기가 어려웠다. 그래서 숙소 앞 쌀국숫집에 그저 그냥 들어간 것뿐이었는데 이런, 말레이시아에서 먹었던 음식 중에 BEST 3 안에 든단다.

BEST 1은 여행 초기에 숙소에서 해 먹었던 한국식 밥이고, BEST 2는 한국인이 운영하는 식당의 김치볶음밥과 삼각김밥, 그리고 BEST 3이 마지막 여정인 말라카에서의 베트남 쌀국수라니! 이 중에 말레이시아 본토 음식은 단 한 개도 없다. 그렇다고 말레이시아 음식에 대해 폄하하는 것은 절대 아니다. 그저 우리가 아직 말레이시아 음식을 받아들일 준비가 덜 되었을 뿐. 말레이시아에서 먹는 '베트남' 쌀국수는 아주 맛있었다. 베트남 쌀국수가 이렇게나 맛있는 음식이었어? 여태껏 이리 맛있는 음식을 모르고 지나왔던 세월이 야속할 만큼 최고였다.

그렇게 해서 우리의 두 번째 방학여행은 베트남으로 정하게 되었다. 나는 이것을 말라카에서 베트남 쌀국수를 먹으며 잠정적으로 결정했다. 여태껏 베트남을 여행지로 생각해 본 적도 없었고 베트남이라는 나라에 관해 관심조차 없었다. '베트남' 하면 무엇이 떠오를까? 어렸을 때 몇 번 들어본 월남전밖에 생각나지 않는다. 나는 물론 우리 아이들은 태어나서 베트남에 단 한 번도 방문해 본 적이 없다. 내가 베트남 쌀국수를 먹어본 적이 몇 번이나 있던가. 말라카 여행에서는 베트남 쌀국수를 매우 맛있게 먹었다지만, 쌀국수는 평소에 내가 즐기는 음식이 아니다. 일단, 국물에서 이상한 향신료 냄새가 나는 것 같아서 그다지 내키지 않았다. 하지만 여행 막바지에 이렇게 맛있는 쌀국수를 먹어보니, 한국에 가서 식당별로 베트남 쌀국수를 먹어보고 싶은 마음마저 들었다. 돌아와서 한동안은 베트남 식당만 찾아다녔다.

남편에게 "아이들 겨울방학 때 베트남 여행을 하고 와도 될까?" 하고 동의를 구했다.

우리 남편으로 말할 것 같으면, 본인의 일에 대한 책임감과 사명감이 대한민국 0.001% 안에 들 정도로 삶을 굉장히 열심히 사는 사람이다. 매우 바쁜 사람이지만, 가정에도 최선을 다하는 모습이 정말 존경스럽다. 이건 예의 차리자고 하는 말이 아니라 나의 진심이다. 그는 직업 특성상 휴가가 없고, 명절에도 쉬지 못하는(않는?) 사람이다. 작년 설 명절, 코타키나발루 Kota Kinabalu 여행에서도 그랬다. 단 하루의 휴가 없이 설 연휴 딱 4일, 정확히 말하면 2박 4일로 1인 100만 원에 육박하는 비싼 항공권을 끊어서 같이 여행하고 한국으로 먼저 돌아간 사람이 바로 그다. 그는 딱히 여행에 취미가 없고 시간이 전혀 나지 않는 사람이라서 이젠 여행을 가고 싶으면 이렇게 동의를 구하는 편이다. 실은, 내가 어린아이들 둘을 데리고 떠나 주니, 이 사람에게도 장기간의 육아 해방 휴가가 주어지는 셈이나 마찬가지라고 생각한다. 우리가 없는 동안, 본인이 좋아하는 사람들과 만나고 좋아하는 술도 마음껏 마시고! 서로 윈윈인 셈이다.

그랬더니 "이번 설 연휴가 지나고 다녀오면 안 될까?" 하고 나에게 다시 동의를 구한다. 집 안의 장남으로서 명절에 성묘, 차례는 가족과 같이 지내야겠기에 그리 물어본 듯하다. 착한 사람. 우린 이렇게 괜찮은 여자와 괜찮은 남자가 만난 사이다. 응, 자기야, 그럴게! 당연하지! 착한 사람이자 효자인 우리 남편의 배려(?)로 이번에도 아이들과 장기여행을 떠나게 되었다. 무려 16박 17일이라는 기간 동안.

아, 그리고 이번 여행은 특별히 친정엄마와 함께하는 여행이 되겠다. 지난 말레이시아 여행에서는 초반에 6박만 머무르시고 한국으로 먼저 가셨었는데, 그 기억이 참 좋으셨는지 이번에 여쭤봤을 때도 같이 한번 가보자고 하셔서 감사하게도 함께하게 된 것이다. 사실, 친정엄마와 여행하게 되면 좋은 점이 참 많다. 내가 낯선 여행지에서 길을 찾는 동안 아이들을 잠시 보호해 주시기도 하고, 40년 음식 내공으로 맛있는 밥을 해주시기도 한다. 남들은 친정 부모님을 모시고 해외에 가서 부모님의 손발이 되어 드린

다는데 나는 두 아이의 엄마가 되어서까지도 친정엄마의 도움을 받으며 여

행을 가는군. 이 자리를 빌려 친정엄마께 무한 감사를 드린다.

　이렇게 우리의 베트남 여행은 시작되었다!

진정한 오토바이 부대

#하노이

순박한 표정의 과일 판매상이
환하게 웃고 있다

#하노이

여행 준비

재미있는 말레이시아 여행을 마치고 한국에 돌아온 후 나는 직장에서, 아이들은 학교와 유치원에서 다시 각자의 역할에 매진했다. 나는 돌아온 지 한 달이 채 되지 않아서 베트남행 항공권을 끊었고 베트남이라는 나라에 대해서, 그리고 구경할 만한 명소와 식당에 대해서 틈틈이 공부했다. 정말 신기하다. 귀찮은 일은 아무리 많은 시간이 주어져도 계속 미루게 되는데, 내가 좋아하는 것에 관한 일이라면 언제 어디서든 단 몇 분의 시간을 쪼개서라도 공부하게 된다.

원래 아이들의 책을 빌리기 위해, 그리고 아이들과 책을 읽기 위해 도서관에 자주 간다. 이제 하나가 더 추가되었다. 도서관에 가면 베트남과 관련된 책을 꼭 한 권 이상 빌리기! 목표는 한 권 이상으로 정했지만, 나는 도서관에 들를 때마다 내 앞으로 빌릴 수 있는 최대치인 다섯 권을 꽉꽉 채워 빌리곤 했다. 내가 여행지를 결정한 뒤 제일 먼저 하는 일은 그곳에 관한 책을 찾아보는 것이다. 인터넷을 통해서도 여러 정보를 얻을 수 있지만, 그래도 초반에 여행 정보 찾기의 주가 되는 것은 역시 책이다. 이번에도 도서관에 수시로 들락날락하며 베트남에 관련된 책들을 많이 읽어 보았다.

아이들이 커가면서 머릿속으로 생각해 둔 게 하나 있다. 아이들과 해외를 여행할 때는 되도록 그 나라의 수도를 제일 먼저 방문해 보기. 한 나라를 알려면 수도를 먼저 봐야 돌아가는 경제 사정이라든지, 분위기, 역사 등을 더 잘 알 수 있다고 생각한다. 그래서 작년 여름방학 여행지인 말레이시아를 방문할 때도 여행의 첫 도시로 수도인 쿠알라룸푸르Kuala Lumpur에 방문했었고, 말레이시아라는 나라가 내가 생각했던 것 이상으로 훨씬 발달한 나라임을 깨달을 수 있었다(수도인 쿠알라룸푸르, 페낭Penang, 조호바루Johor Bahru, 말라카Melaka 이렇게 네 개 도시를 22박 24일 일정으로 방문했다). 물론 우리 아이들에게 강제로 그 나라를 주제로 공부시키지는 않는다. 여행 자체가 학습해야 할 의무가 되어서는 안 되기 때문이다. 그저 아이들이 여행할 때 그 나라의 역사 정도만 간단히 알 수 있도록 박물관에 방문할 때마다 일러주는 편이다.

그렇다면 이번 베트남 여행의 일정은?

가장 먼저 수도인 하노이, 한국 사람이 그렇게 많이 찾는다는 다낭-호이안, 그리고 베트남의 경제 수도라고 할 수 있는 호찌민. 이렇게 세 곳으로 결정했다. 수도는 하노이지만 실질적인 경제 수도의 역할은 호찌민이 하고 있단다. 그러기에 하노이도, 호찌민도 매우 궁금했다. 솔직히, 휴양지 느낌이 아주 강한 다낭-호이안은 그다지 끌리지 않았지만, 한국 사람들이 워낙에 많이 간다기에 도대체 무슨 매력이 있는지 한 번 경험해 보고 싶었다(하지만 다낭-호이안을 방문한 뒤의 기막힌 반전이 있다).

이 나라는 특이하게도 긴 J자 모양으로 생겼다. 지도상에서 보면 가로 폭은 그리 넓지 않은데 세로 폭이 굉장히 길다. 우리나라 인천공항에서 수도인 하노이^{Hà Nội, 북부}로 들어가 다낭-호이안^{Đà Nẵng-Hội An, 중부}을 여행하고 마지막으로 호찌민^{Hồ Chí Minh, 남부}에서 출국하는 일정이다. 북부 산악지역인 사파^{Sa Pa}, 베트남에서 세 번째로 큰 도시 하이퐁^{Hải Phòng}, 베트남의 문화 수도라는 역사 도시 후에^{Huế}, 미디어에서 방송되어 인기 상승 중인 달랏^{Đà Lạt}, 베트남인과 한국인이 사랑하는 또 다른 휴양지 냐짱^{Nha Trang}도 후보지에 있었지만, 무리한 이동은 여행의 질을 떨어뜨리기 때문에 많은 고민 끝에 제외했다.

하노이 - 5박

다낭, 호이안 - 6박

호찌민 - 5박

나 역시 베트남이 처음이라 일정 분배가 어려웠던 게 사실이다. 수도인 하노이를 조금 더 볼까. 호찌민 일정을 2박으로 줄여야 베트남에서의 국내선 항공료가 훨씬 저렴한데, 그러면 다낭-호이안 일정을 조금 더 늘려볼까. 많이 고민했다. 하지만 모든 도시를 처음 가보기 때문에 일정을 균등하게 배분하는 게 가장 나을 것 같았다. 다낭에서 호찌민으로 이동하는 날의 국내선 항공료가 두 배 이상 차이가 났지만 5박+6박+5박으로 정했다.

참, 나란 인간은 뭘 하든 무슨 고민이 그리 많은지. 일정 분배를 어렵게 했더니 이제 숙소 결정이 남았다. 금액을 신경 쓰지 않고 한눈에 봐도 괜찮은 곳으로 딱딱 선정하고 싶지만, 알뜰살뜰한 나는 '조금이라도 저렴하면 어떨까? 너무 안 좋을까? 그래도 많이 돌아다닐 텐데, 숙소에서는 잠만 자는데 뭘.' 고민을 매우 많이 하는 스타일이다. 이게 다 한 푼이라도 아껴보려고 그러는 것이겠지.

참고로 나의 지인 중 한 명은 정해진 휴가 일수로 인해 항공권이나 숙소를 한 번에 바로 결제한단다. 물론 그녀와 나는 상황이 조금 다르다. 연봉도, 소득수준도 다르다. 무엇보다 나는 내가 원할 때 직장과 협의해서 휴가를 비교적 길게 쓸 수 있지만, 그녀는 1년에 총 보름 이상의 휴가를 쓸 수 없는 직장이다. 따라서 나는 방학 기간이 성수기긴 하지만 여러 날짜를 클릭해 보며 그중에서도 가장 저렴한 항공권을 찾아볼 여유는 있는 것이다. 금전적 여유 말고 기간적 여유라고나 할까. 그러나 나에게는 언제쯤 그런 시원한 결단을 내릴 날이 올 것인가. 아마 그런 날은 오지 않을 듯하다. 하지만 이 또한 여행 가기 전 즐겁고 행복한 고민 아니겠는가. 이리하여 숙소를 결정하는 데도 한참이 걸렸다.

어렵게 정한 숙소는 호이안에서의 한 숙소를 제외하고 모두 'Serviced apartment'. 모두 취사가 가능한 레지던스형 숙소다. 아무래도 어린아이들과 같이 여행하게 되면 숙소에서 음식을 해 먹을 일이 잦다. 그래서 간이 주방과 식탁이 필수!

베트남 여행을 결정할 무렵 엄마께서는 이렇게 말씀하셨다. "이번 여행은 택시 탈 때 타고, 맛있는 음식 많이 먹고, 숙소도 좋은 곳으로 가면 어떨까?" 내 의견을 물어보신 것이지만 저번 여행 때 불편하셨던 부분이 꽤 있으셨던 것 같다. 그도 그럴 것이, 그때 나는 여행에 심취해서 같이 여행하는 다른 사람들의 사정을 고려하지 않고 무작정 걷고 또 걸었다(이번에도 그럴 예정이지만…. 이번에는 가족들에게 자유를 주고 나 혼자서 걸을 예정이다). 엄마는 택시를 타고 싶어 하셨는데 조금만 더 걸어가면 된다고 회유를 많이 했던 기억이 난다. 그래서 다리가 몹시 아프셨던 모양이다. 또 엄마는 이제 노점에서 아무 음식이나 먹지 않고 조금 더 고급스러운 음식점에서 품질 좋은 음식을 드셔야 할 나이인데, 그 부분 역시 많이 고려해 드리지 않았던 것 같다. 그래서 이번 베트남 여행에서는 최대한 엄마의 컨디션에 따라 움직이기로 약속했다. 전 일정의 숙소 역시 좋은 레지던스로 잡고 말이다.

베트남의 거리에는 유난히 빨간색 간판이 많다

#하노이

오늘의 돈 🏧

항공권 4인 (대한항공) : **240만 원**

베트남 국내선 (하노이-)다낭) (베트남항공) 4인 : **25만 원**

베트남 국내선 (다낭-)호찌민) (베트남항공) 4인 : **50만 원**

KTX 4인 동반석 왕복권 : **23만 원**

인천국제공항철도 4인 : **3만 원**

하노이 숙소 (Oakwood Hanoi) : **5박 85만 원** (1박 약 17만 원)

호이안 숙소 1 (Wyndham Garden Hoi-an) : **3박 26만 원** (1박 약 9만 원)

호이안 숙소 2 (Hoiana Residence) : **3박 42만 원** (1박 약 14만 원)

호찌민 숙소 (Sherwood Suite) : **5박 73만 원** (1박 약 15만 원)

호이안 공연 (Teh Dar Show) 4인 : **20만 원**

호찌민 공연 (A-O-Show) 4인 : **22만 원**

총 609만 원 지출

출발 당일

드디어 D-day다. 우리가 베트남으로의 여행을 시작하는 첫날. 아, 좋다. 매일 아침 서둘러 아이들을 깨우고, '아침밥은 든든하게 먹여야지!' 하며 부지런히 아침 식사를 준비했다. 안전상의 이유로 8시 30분 이후에 등교해야 하는 초등학생 딸은 집에 혼자 남겨둔 채, 세월아 네월아 하는 우리 아들의 등원 준비를 급하게 마무리한 채, 여덟 시에 후다닥 집에서 나와 아들을 유치원에 허둥지둥 데려다주고 규정 최고 속도로 달려 출근했었다. 어휴, 글을 쓰고 있는 이 순간도 매일 아침의 긴박함이 느껴진다. 미처 말리지 못한 머리카락에서는 물방울이 뚝뚝. 대충 아무거나 고른 상의를 거꾸로 입은 날도 있다. 이 세상의 모든 일하는 엄마들은 공감할 것이다. 한마디로 전쟁이었다. 이제 이런 조마조마한 아침 일상은 잠시 쉬어도 된다. 안 그래도 겁이 많아 텅 빈 집에 혼자 있는 시간을 무서워하는 우리 딸, 그리고 매일 아침 반에서 첫 번째로 등원하는 우리 아들. 혹시라도 지각할세라 헉헉거리며 출근하는 나. 우리에게 16박 17일의 보석 같은 휴가가 주어진 것이다.

이 기간만큼은 우리 아이들에게 미안해하지 말자.
이 기간만큼은 나를 타박하지 말자.

우리는 지방에 거주하기 때문에 인천공항에 가기 위해서는 KTX를 타고 서울역으로 가서 공항 철도로 갈아타야 한다. 지난 말레이시아 여행 때는 한국발 비행기 시간보다 네 시간 일찍 서울역에 도착할 수 있도록 출발했었는데, 출발 당일 불미스러운 인명사고로 인해 기차가 두 시간이나 지연되었다. 그래서 이동시간이 매우 빠듯했던 기억이 있다. 사람 일은 한 치 앞을 알 수 없으므로 이번에는 서울역에 도착하는 시간과 비행기 이륙시간의 간격을 여섯 시간 정도 두었다. 다행히 이번에는 KTX 연착이 없다. 안정적으로 서울역 도심 공항에서 출국 절차를 마칠 수 있었다.

여행 가기 전 이 설렘이란! 아이들과 함께하는 여행이기 때문에 항상 긴장해야 하는 처지이지만, 설렘은 그 누구보다도 크다. 여행의 주체자로서, 설렘은 내가 가장 큰 것 같다. 그러고 보면 항상 여행하기 전이 가장 설렌다. 아직 목적지에 당도하지 않았을 때의 그 기분! 설렘을 공유할 수 있는 가족이 있는 것만으로도 나는 행복한 사람이다.

나는 우리 아이들에게 단 한 번도 다른 사람에 의해 만들어진 이유식 제품을 사서 먹인 적이 없다. 아이들이 태어난 후 18개월까지 내가 손수 이유식을 만들어 먹였고 그 후로도 집에서 아이들을 위한 식단을 짜서 먹였다. 그렇게 아이들과 집밥을 먹으며 살다 보니, 때로는 밖에서 사 먹는 음식의 간이 매우 세게 느껴진다.

그래서 터득한 사실. 웬만해서는 집밥을 먹자! 평소 주말에 도서관에 갈 때면 도시락을 싸 간다. 도시락을 쌀 상황이 안 되는 경우, 간이 센 음식을 사 먹고 싶지 않을 때는? 내가 찾은 방법은 바로 구내식당 이용. 영양사님이 짜 준 균형 잡힌 식단으로 식사할 수 있다는 장점이 있다. 서울역 구내식당은 일정 시간이 지나면 일반인이 출입하여 밥을 먹을 수 있다. 따라서 우리는 도심 공항 수속을 마치고 이곳으로 갔고, 여기에서 꽤 만족스러운 식사를 할 수 있었다.

1장

모든 여행은 수도부터, 하노이!

아이들과 함께하는 하노이 여행 팁

☑ 베트남은 오토바이가 주요 이동 수단이기 때문에 아이들이나 어르신 들은 매연으로 고생할 가능성이 있다. 그러므로 마스크를 필수로 준비 하도록 하자.

☑ 하노이 여행의 중심지 호안끼엠 호수 주변은 수많은 오토바이와 사람 들로 늘 북적이는 곳이다. 그리고 하노이의 인도 사정은 그리 좋지 않 다. 아이들과 걸을 때 유의하도록 하자.

☑ 아이들을 신경 쓰다 보면 정작 자신의 안전을 놓치는 때가 있다. 관 광지에서는 소지품 관리에 신경 쓰자.

☑ 명실상부 베트남의 수도인 하노이에는 교육적인 장소들이 많이 있다. 아이들과 베트남 미술관Bảo tàng Mỹ thuật Việt Nam, 베트남 국립 도서관 Thư viện Quốc gia Việt Nam, 호찌민 묘소Lăng Chủ tịch Hồ Chí Minh, 민족학 박물 관Bảo tàng Dân tộc học Việt Nam, 여성박물관Bảo tàng Phụ nữ Việt Nam, 호아 로 감옥박물관Di tích Nhà tù Hỏa Lò, 탕롱 황성Hoàng Thành Thăng Long 등을 방문 하여 조금 더 의미 있게 여행해 보자.

정감 있는 베트남 사람들
요청하지도 않았는데 알아서 자세를 취해 준다

DAY 1

정신없는 노이바이 국제공항

기대에 부푼 마음을 안고 약 네 시간의 비행 끝에 하노이의 노이바이 국제공항Sân bay quốc tế Nội Bài에 착륙했다. 들어갈 때 줄이 엄청나다고 그러더니 사실이다. 아, 이래서 인터넷 카페에서 패스트 트랙fast track을 이용하면 빨리 나올 수 있다고 그랬구나. 내가 타고 간 대한항공이 먼저 도착하고 그 뒤에 중국에서 오는 비행기가 들어왔는지 갑자기 중국인들이 떼로 와서 줄을 섰다.

마침 우리 앞에 베트남에 거주하는 한국인 엄마와 아이 셋이 서 있어서 반가웠다. 첫 번째는 한국인이라는 동질감, 두 번째는 아이 엄마라는 동질감. 그 엄마와 이런저런 이야기를 짧게 나누고 줄을 서 있던 중, 그들 앞으로 어떤 할아버지가 정말 아무렇지도 않게 태연히 끼어들었다. 그것을 빌미로 그녀에게 다시 말을 걸어 보았다. 원래 새치기가 비일비재하냐고 물어봤더니 중국 사람들이 잘 그러는데 그러려니 한다고 했다. 한국 같았으면 여기저기서 끼어들지 말라고 말했을 텐데 여기 사람들은 보고도 가만히 있는 것 같다.

다행히 공항 직원이 앞 가족과 우리 가족이 어린아이를 데리고 있는 걸 보고 저기로 가서 줄을 서라고 안내했다. 새롭게 마련된 짧은 줄에 서서 대기하던 중, 누가 봐도 어린아이를 동반한 가족이 서는 줄에 한 한국인 아저씨 한 명이 와서 내 뒤에 떡하니 줄을 섰다. 속으로는 한마디 하고 싶었으나 그냥 참았다. 그런데 우리의 입국 심사가 끝나고 가는 찰나에 그 아저씨가 우리랑 가족이라고 심사 직원에게 거짓말을 하는 것이다! 평소, 질서에 관해서 엄격한 규칙을 갖고 있는 나는 조금 어이가 없었지만, 나도 어린아이가 있다는 이유로 혜택을 받았던지라 별말을 하지 않았다.

이렇게 이상한 기분인 상태로 얼떨결에 입국 심사를 마치고 짐을 찾아 나왔는데 온 사방에서 오토바이, 자동차 경적이 들렸다. 태어나서 처음 접해보는 소란이었다. 적어도 우리 가족에게는.

이제 뭘 해야 했더라? 맞아, 공항 환전소에서 소액만 환전하고 유심을 사야지. 다짐하고 둘러봤는데 수많은 환전소와 유심 가게가 있어서 도대체 어디로 가야 할지를 모르겠더라. 사전 조사로 알아 온 베트남의 유명한 이동통신사는 도통 보이질 않고. 간신히 찾아서 갔더니 그 통신사 유심은 판매하지 않는단다. 떡하니 광고는 해놓고 있는데 판매하지 않는다니 도무지 이해가 가질 않았다. 내가 여기서 느낀 것은 무친절이었다. 불친절이 아니다. 표정도 없고 친절하지도 않은 '무'친절이었다.

말레이시아에서는 공항에 처음 도착했을 때 유심 판매자들이 "유심 있어요. 유심 사세요~" 하며 흡사 우리네 "떡 사세요~떡 사세요~" 같이 간절하게, 친절하게 고객에게 접근했다면 이곳 하노이 국제공항 직원들은 '살 테면 사고 말 테면 말아라.' 식이다. 여기서 한 번 또 당황스러웠다.

사전 조사에서는 두세 군데의 가게를 비교해 보라고 했건만 주변은 온통 야단법석이고 기다리는 가족들은 지친 표정이 역력하고 해서 그냥 아무 곳이나 찾아갔다. 환전하려는데 베트남 동은 한국 돈과 달리 단위가 커서 그런지 도무지 감이 오지 않았다. 말 그대로 머릿속이 새하얘져 버렸다. 아무런 생각도 들지 않고 머릿속이 흰 도화지가 된 것 같은 그 느낌. 20여 년 전 취업을 준비하던 시절 이후 오랜만에 느껴보는 감정이었다. 이래서 많은 인터넷 카페에서 동지갑[1]을 만들어야 한다고 강조했나 보다. 그때 나는 속으로 '이래 봬도 내가 이과 출신인데 에이, 뭐 별거 있겠어?' 하고 대수롭지 않게 넘겼었다. 일단 소액만 환전한 후 유심을 사서 엄마 핸드폰과 내 핸드폰에 장착했다.

이제는 그랩Grab[2]을 부를 차례. 그런데 사방에 인파가 너무 많다 보니 어디로 가야 할지 모르겠는 거다. 그래서 다시 환전소로 돌아와서 물어봤는데 이 여자, 나를 쳐다보지도 않고 자기 핸드폰 액정만 보며 말한다. "Go out."

눈길 한 번 주지 않을 필요가 있었을까. 나는 바로 직전에 이 가게에서

---

1 베트남 화폐 단위별로 구분해 놓은 지갑
2 동남아시아 지역의 공유 택시

환전하고 유심까지 산 '고객'이다. 이 여자는 그 사실을 까마득하게 잊은 것일까. 나는 상당히 서운해하며 공항 밖으로 나갔다.

그랩을 불러 간신히 서호에 위치한 우리의 레지던스까지 무사히 도착했더니 밤 열한 시였다. 베트남이 한국보다 두 시간 느리니 한국 시각으로는 새벽 한 시. 그래도 레지던스가 깨끗해서 무사히 온 보람이 있었다. 면세점에서 아이들 샴푸를 사고 사은품으로 받은 핑크색 거울을 첫째 아이에게 선물로 주니 정말 좋아했다. 2월 4일이 첫째 아이 생일이었는데 그때 제대로 생일 선물을 챙겨주지 못해서 미안했었다. 나는 이걸로 생색을 단단히 내두었다. 조그만 선물을 받아도 기뻐하는 순수한 우리 딸. 이 마음을 평생 간직하고 살면 좋겠다. 우리는 첫 여행지에서의 설렘에 '하노이의 잠 못 이루는 밤'이라며 야단이었지만 몇 분 후, 고단했는지 모두 깊은 잠에 빠져들었다.

오늘의 돈 💵

환전 : 5만 원*17.8=89만 동[3]
유심 구매 : 66만 동
그랩 (공항-)숙소) : 34.3만 동
총 100만 동 (약55만 원)지출

---

3 베트남 동은 단위가 매우 크다. 보통 베트남 동에서 나누기 20을 하면 쉽게 우리나라 돈으로 계산할 수 있다.

자동차와 오토바이로 꽉 막힌 도로

자전거에 과자를 가득 싣고 어디론가 향하는 베트남인

방학여행 베트남

오후 3시에 첫 식사를 하다

희한하다. 한국에서는 오전 일곱 시 알람에 겨우 눈을 뜨는데, 베트남에서는 새벽 네 시에 눈이 저절로 떠지네! 하노이에서는 게으른 사람도 부지런히 움직이게 된다. 그 이유인즉슨, 한국보다 두 시간이 느리기 때문. 베트남 시각으로 새벽 네 시면 한국 시각으로 벌써 새벽 여섯 시다. 첫날의 설렘 때문인지, 밖에서 울어대는 닭 소리 때문인지 안 그래도 아침형 인간인 나는 초 새벽형 인간이 되어 있었다.

아이들과 친정엄마만 대충 누룽지를 먹은 후 레지던스에서 운행하는 7시 45분 셔틀버스를 타기로 했다. 한국 같았으면 꿈도 못 꿀 시간인데 베트남이라 가능하다. 그것도 시간이 남아 루프탑에 가서 구름 낀 서호를 구경하고 레지던스 곳곳을 둘러보았다.

셔틀버스에는 일본인 아저씨 한 명과 우리 이렇게 두 팀이 있었다. 이 레지던스에는 일본에서 온 주재원 가족들이 많이 보였다. 레지던스를 돌아다닐 때마다 일본인들을 자주 마주칠 수 있었다.

셔틀버스를 타고 오페라 하우스까지 가는 길은 수많은 오토바이 출근자와 함께였다. 다들 저마다의 일터로 출근하는 거겠지? 처음 보는 광경인지라 정말 신기했다.

자, 이제 ATM기에서 베트남 동을 뽑을 차례다. 내가 사용하는 카드에 해당하는 ATM기를 성공적으로 찾아갔는데 이런… 출금이 되지 않는다. 뭐가 문제인 것인가. 당혹스럽다. 베트남에서는 ATM기 앞에서 돈을 채 가는 사례가 있으므로 조심해야 한다는 이야기를 많이 들었던지라 긴장되었는데 출금마저 실패하다니. 아무래도 다른 은행에 가서 출금해야겠거니 낙담하고 주변을 돌았다.

나중에 알고 보니 베트남에서는 우리나라의 설 명절과 같은 기간에 뗏Tết이라고 하는 명절을 쇠는데 국민 대부분이 거의 2주간을 쉰다고 하더라. 그래서 뗏 기간 전후로 베트남에 방문한 사람들은 문을 닫은 음식점이 많아 끼니를 때울 음식점을 찾기 위해 고생하고, ATM기에 현금이 채워지지 않아 출금을 못하는 경우가 많이 있다고 한다. 열심히 돌아다닌 결과, 나는 극적으로 인출 가능한 ATM기를 발견했다. 돈을 인출하여 오바마 전 미국 대통령이 방문하여 유명하다는 분짜 흐엉리엔Bún chả Hương Liên을 찾아갔다. 구글 지도에는 분명히 영업 중이라는 표시가 떴지만, 혹시나 했더니 역시나 아니었다. 이 음식점 역시 뗏 기간으로 인한 휴무 중이었다.

ATM 출금과 분짜 흐엉리엔의 휴무 이슈로 우리 넷은 첫 일정부터 상당히 많이 걸어버렸다. 아이들과 엄마에게 많이 미안했지만 어찌하랴. 나도 베트남이 처음인 것을.

그래도 가는 길마다 신기한 풍경을 보아서 눈이 지치지는 않았다. 특히 아침부터 카페에 사람들이 앉아 있는 모습이 신기했는데 의자가 모두 유치원생이 앉을 법한, 조그맣고 낮은 의자였다. 한 덩치 하는 사람이 앉으면 엉덩이 한쪽도 받치지 못할 정도의 작은 의자였다. 꼭 우리 집에 있는 어린이용 플라스틱 의자처럼. 꽤 많은 사람이 야외 의자에 앉아 커피를 즐기고 있었다. 이때만 해도 나는 베트남 커피의 매력을 전혀 몰랐었다. 왜 매연 가득한 길거리에 앉아서 커피를 마시는 거야? 거기다가 담배는 여기저기서 다 피고 있네?

걷고 걸어 여성박물관에 도착했다. 보통은 남자가 생계를 책임지는 사회였던 우리나라와는 달리 베트남은 예로부터 여성이 가정의 생계를 책임지는 형태였다고 한다. 그래서 여성박물관을 국가적으로 설립하게 되었다는데. 어디 한번 들어가 볼까?

들어가자마자 베트남 소수민족으로 보이는 할머니들이 곱게 웃고 있는 사진이 우리를 반긴다. 나는 대한민국의 일하는 한 여성으로서 이 박물관이 참 궁금했다. 베트남의 여인들은 어떻게 가정의 생계를 책임져야 하는 무거운 짐을 지고 살았을까. 베트남 여행을 오기 전부터 첫 계획에 넣었던 곳이 바로 여성박물관이다.

입장료를 끊었다. 앗싸! 어린이는 무료란다. 나는 여행지에서 이렇게 1,000원, 2,000원 아낄 때마다 기분이 좋다. 소소하지만 확실한 나만의 행복이라고나 할까.

오! 한국인을 위한 오디오 가이드를 빌릴 수 있네? 친정엄마와 나만 오디오 가이드를 빌려서 들으려고 하는데 요 녀석들이 본인들도 헤드폰을 끼고 듣고 싶다고 그런다. 오디오 가이드 비용이 입장료에 버금가는데. '과연 이 어린아이들이 오디오 가이드를 침착하게 잘 들을 수 있으려나?' 하는 의심 반 믿음 반으로 총 네 개의 오디오 가이드를 빌렸다.

하노이 여성박물관은 지어진 지 오래되었지만 별다른 리노베이션 없이 전시가 진행되고 있었다. 최신식 현대 건물의 박물관도 좋지만, 예전에 지어진 건물 그대로 보여주는 모습이 그 장소를 이해하는 데 더 도움을 주는 것 같다. 그래서 나는 오래된 박물관 건물이 오히려 마음에 더 들었다. 그래도 재채기 한 번 나오지 않는 걸 보면, 관리는 아주 완벽히 잘하고 있는 모양이었다.

박물관에서는 베트남 여성들의 역사, 의복 등과 소수민족 여성들에 대해서 비교적 자세히 다루고 있었고 오디오 가이드와 함께여서 그런지 쉽게 이해가 되었다. 절반 정도 관람했을까. 나는 점점 오디오 가이드에서 나오는 설명이 따분해지면서 귀가 멍해지기 시작했다. 그때부터 나는 차례차례 듣지 않고 띄엄띄엄 들었다. 하품은 또 어찌나 나오던지.

무척이나 놀랬던 건 우리 아이들이 그 오디오 가이드에 집중하면서 서로 선의의 경쟁을 하며 처음부터 끝까지 진득하게 들었다는 것이다. 숫자를 하나하나 누르면 설명이 자동으로 나오는 것도 신기했을 것 같고, 또 여긴 하노이인데 한국말로 설명이 나오는 것도 신기했을 터다. 아, 평소에 잔잔하게 도서관에 다니면서 아이들을 키워온 보람을 여기서 이렇게 듬뿍 느끼다니! 실로 감동의 순간이었다. 우리 아이들이 두 시간 반 동안 끝까지 잘 관람해 준 덕분에 식사 시간이 훌쩍 지나있었다.

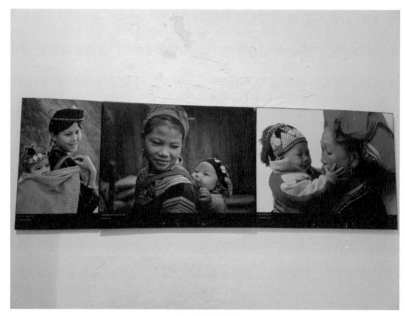

하노이 여성박물관

오디오 가이드를 열심히 듣고 있는
아들의 모습

집중력 있게 끝까지 오디오 가이드를 경청한 아이들

하노이는 대체로 관광지와 식당이 호안끼엠Hoàn Kiếm 호수를 중심으로 몰려있다. 우리는 호안끼엠 호수 쪽으로 이동하여 오후 세 시에 늦은 점심을 먹게 되었다. 하노이에 발을 들이고 처음으로 먹어보는 베트남 식사! 모두 배가 무척 고파서 그런지 음식이 나오자마자 그 자리에서 흡입해 버렸다. 소고기 쌀국수와 돼지고기 쌀국수, 분짜, 망고주스를 시켜 먹었는데 나중에 보니 우리가 뭘 먹었는지 모를 정도로 그릇을 아주 깨끗하게 비웠다. 훗날, 이 쌀국수는 우리 가족 모두에게 베트남에서 먹은 가장 맛있었던 음식으로 기억된다고 한다.

나 같은 경우에는 기내식을 먹은 후 열여덟 시간 만에 처음 먹은 음식이라 더 그랬는지도 모른다. 쌀국수 자체는 물론이고 육수가 어찌나 시원하고 개운하던지. 6개월 전 말라카에서 먹었던 쌀국수도 그렇게 맛있게 먹었는데, 베트남에서 먹는 진짜 쌀국수는 진짜 진짜 맛있다! 한국에서는 고수를 그렇게도 못 먹겠더니 베트남에 오니 국물에 있는 고수 몇 개쯤은 오히려 개운한 맛이 나서 좋다. 향이 조금만 나도 못 먹던 나였는데 어쩜 사람이 그리 쉽게 변하니. 이래저래 인간의 마음은 참 간사한 것 같다는 생각이 들었다. 이날의 베트남 쌀국수는 말로 형용할 수 없을 만큼 맛있었다. 이 맛있음을 도대체 어떻게 표현해야 할지 모를 정도로 말이다.

유명한 빙수 가게인 신 또 호아 베오Sinh tố Hoa Béo에서 망고 빙수를 먹는 중에 오토바이가 한 스무 대는 지나간 것 같다. 빙수도 먹고, 매연도 먹고…. 냄새에 굉장히 예민한 나는 웬일인지 이날만큼은 매연이 거슬리지 않았다.

맛나게 먹고 배를 통통 두드리며 현지여행사에 가서 투어를 예약하고 유명하다는 탕롱 수상인형극장Nhà Hát Múa Rối Thăng Long에 가서 인형극도 예약했다.

난생처음 맛본 '진짜' 베트남 쌀국수

나에게는 호안끼엠 호수 근방이 참 정겨웠다. 여기저기서 들리는 오토바이 경적, 그리고 매연. 원래는 싫어한다. 소음과 냄새에 굉장히 취약한 나인데 지금, 이 순간은 이 소리가 우리 모두 잘 살아보자는 작은 발악으로 들린다. 그리고 사람들이 내는 빵빵은 '지금 내가 가고 있으니 운전에 주의하세요.'라는 배려의 소리인 것을 알게 되었다. 베트남에서는 돈이 없어서 본인의 오토바이에 사이드미러를 한 개만 장착하거나 그마저도 없으면 달지 못하는 경우도 허다하다고 한다. 그런 운전자를 배려해서 '내가 뒤에 있으니 주의하면서 가세요!'라고 알려주는 신호로 빵빵 누르는 것이다. 한국에서의 빵빵 소리는 '나 빨리 가야 하니까 비켜!', '끼어들지 마!' 이런 의미인데. 물론 안전을 지키기 위해 경적을 울리는 일도 있지만 말이다. 이 의미를 알고 나서 내가 처음에 노이바이 국제공항에 왔을 때 느꼈던 정신없음이 조금씩 미안해지기 시작했고, 나도 모르게 하노이에 정이 들어감을 느꼈다.

하지만 모든 사람의 생각이 같을 수는 없다. 아이들과 친정엄마는 주변의 소음과 매연에 힘들어했다. 특히 친정엄마께서는 전 일정 내내 마스크를 하고 다니셨다. 지금 생각만 해도 하노이는 아찔하고 정신없었던 도시였다고 말씀하시는 우리 엄마. 하노이에는 수많은 오토바이 부대의 경적과 매연이 있다. 인도와 차도가 정확히 구분되어 있지 않고 그나마 존재하는 인도에는 오토바이들이 빽빽하게 주차되어 있다. 관광객은 또 어찌나 많은지. 그래서 엄마와 우리 아이들이 하노이의 거리를 즐기기엔 조금 무리가 있지 않았을까 싶다.

질서정연하게 주차된 오토바이   오토바이에 가득 달린 풍선이 정겹다

힘들어하는 친정엄마와 아이들을 끌고 에그 커피Egg coffee가 명물이라는 카페 지앙Cafe Giảng으로 갔다. 가이드 북에는 무척 한가로이 보이는 사진만 있었는데 이런, 앉을 자리가 없다. 간신히 자리 잡고 앉아서 에그 커피를 주문했다. 그다지 커피를 즐기지 않는 나지만 베트남에서는 먹어보고 싶었다. 전 세계 커피 수출 2위의 국가라는데, 스타벅스가 어깨를 못 편다는 베트남이라는데! 에그 커피는 쓴 에스프레소 위에 달걀 휘핑크림을 얹어 놓은 커피로 맨 위의 노란 에그 크림이 일품이다. 윽, 그런데 아래로 갈수록 쓰다. 처음부터 에그 크림을 골고루 섞어 먹을 걸 그랬나 보다. 나와 친정 엄마는 오후 늦게 에그 커피를 마시고 그날 거의 자지 못했다….

에그 커피 전문점 카페 지앙에서

그때부터 연속으로 계속 먹었다. 늦은 점심 식사였던 쌀국수를 시작으로 망고 빙수, 에그 커피, 반미Bánh Mi[4]까지. 모든 것이 처음인지라 어서 빨리 접해보고 싶었다. 다른 음식들은 어느 정도 예상이 가는 맛이었지만 반미는 내가 먹어 본 적이 없는 음식이라 특히 궁금했다. 그런데 아뿔싸! 어떤 여행객의 추천으로 먹었던 반미가 현지식 반미가 아닌 서양식 반미여서 그런지 꽤 느끼했다. 심지어 그는 치즈 소스 새우 반미Shrimp in cheese sauce Banh Mi를 추천했다. 이건 내가 생각했던 반미의 맛이 아니라 느끼한 서양식 샌드위치였다. 익숙한 서양식 샌드위치를 내 인생 첫 반미로 먹었다니 글을 쓰는 지금까지도 한이 된다. 어서 현지식 반미를 먹어보고 싶다!

난 하노이 구시가지의 감성을 더 느껴보고 싶었지만 힘들어하는 가족들을 위해 롯데마트로 이동해 5일간의 일용할 양식을 구매하고 금방 숙소로 들어왔다. 온종일 오토바이와 자동차의 소음, 매연의 카오스였다. 그야말로 혼돈 그 자체. 아이 둘과 나이 드신 엄마와 다니기엔 무리가 좀 있었다. 내가 조사해 온 수많은 식당을 다 가보고 싶은데 언제 가볼 수 있을까.

4   쌀로 만든 바게트에 채소, 고기, 계란 등의 속 재료를 넣어 만든 베트남식 샌드위치

저녁 여섯 시쯤 들어와서 나와 아이들은 수영장에 가고 친정엄마는 방에서 휴식을 취하셨다. 수영장만 보면 좋아하는 우리 아이들. 오늘 본 표정 중에서 제일 즐거운 표정이다.

겨울이라 쌀쌀한 하노이지만 이 레지던스는 맨 위층에 온수가 나오는 실내 수영장이 있어서 추운 날씨에도 수영을 즐길 수 있었다. 관광지에서 멀어서 그게 좀 마이너스지 하노이에 장기간 머물게 되면 지내기에 참 좋을 것 같다는 생각이 들었다. 서호의 야경을 감상하면서 아이들과 신나게 수영했다.

오늘의 돈 💵

ATM기에서 1,000만 동 인출[5]
여성박물관 : 입장료 8만 동, 오디오 가이드 16만 동
식사 (Bếp Việt) : 30.5만 동
간식 (Sinh tố Hoa Béo) : 12만 동
닌빈 투어 예약 (Ms Cloud travel) : 330만 동 (약 18만 원)
탕롱 수상인형극 vip석 예약 : 80만 동
카페 (Cafe Giảng) : 7만 동
간식 (The Bánh Mì) : 16.5만 동
그랩 (호안끼엠 호수→롯데마트) : 6.3만 동
롯데마트 : 93.7만 동
그랩 (마트→숙소) : 15.2만 동
총 615.2만 동 (약 33만 원) 지출

---

5 1,000만 동이라고 해서 놀랄 필요는 없다. 1,000만 동은 우리 돈 50만 원 정도다.

오후 여섯 시에 숙소에 들어왔을 때 방 청소가 되어 있지 않아서 적잖이 놀랐다. '우리가 5박이나 하니까 청소는 이틀에 한 번꼴로 해주려나. 청소해 주지 않아도 크게 상관없지.'라는 생각으로 아이들과 수영장에 가던 중 한 명의 직원을 보았다. 그 직원은 우리와 유난히 밝게 인사를 나눴다. 한 시간여 뒤 우리가 수영을 마치고 방으로 돌아오니 엄마가 나에게 충격적인 말씀을 하시는 거다. "너희 나가고 한 30초 정도 있다가 방을 청소하러 왔어. 그때 나는 너흰 줄 알고 문을 바로 열어 주었지."

처음에는 대수롭지 않게 생각했는데 아뿔싸! 우리는 수영장으로 갈 때 어떤 직원과 마주쳤고 반갑게 인사를 나눴다. 나는 갑자기 불길한 상상을 하게 되었다. 보통 청소 서비스는 오전에 이루어지는데, 우리가 돌아온 시각까지 청소는 이루어지지 않았다. 우리는 오후 여섯 시가 훨씬 지난 시각에 방을 나갔다. 우리가 모든 소지품을 방에 벌려 놓고 수영장에 간 틈을 타서, 이 직원이 청소 직원에게 방이 비었다고 알려주었다면? 우리 방에 아무도 없을 것으로 생각한 이들이 우리 방에 청소를 핑계로 들이닥쳤다면? 보통 숙소에서 수영장에 갈 때는 여권과 지갑을 모두 들고 가진 않는다. 친정엄마가 계셨기에 망정이지 아무도 없었으면 완전 다 털렸겠는데? 실제로 나는 수영을 하러 가면서 모든 것을 벌려 놓고 갔다. 면세점에서 사 온 면세품들은 물론이요, 분신처럼 메고 다니는 핸드백과 지갑을 아주 활짝 열어놓고. 매우 불쾌한 생각이 들었지만, 다행히 엄마가 계셔서 아무 일도 일어나지 않았음에 감사하기로 했다.

확실하진 않지만, 나중에야 '이것도 나의 오해이지 않았을까?' 하는 생각이 든 건, 우리 여행 시작이 뗏 기간 직후였다는 것. 우리는 한국에서 설 명절을 쇠고 바로 다음 날 베트남으로 왔다. 보통 한국 사람들은 명절 연휴가 지나면 다시 일상으로 바로 돌아오지만, 베트남 사람들은 뗏 기간을 포함하여 1주, 2주, 한 달까지도 길게 쉰다고 한다. 베트남은 공휴일이 10여 일 정도로 별로 없고 여전히 주 6일을 일하는 시스템이란다. 독일로 어렸을 때 이민을 가, 실제 독일 사람인 우리 친척 오빠가 독일에서는 연간 180일 정도 일하고 절반인 180일 정도는 쉰다고 말했었다. 그때 '일 년에 절반만 일해도 되니 좋겠네!' 하고 부러워했었는데 여긴 반대인 모양이다. 따라서 뗏 기간 같은 큰 명절에는 노동자들 다수가 일하지 않고 쉬려고 한단다. 베트남 노동법상, 뗏의 휴일 근로 수당은 하루 일당의 수 배, 야간까지 일하게 되면 훨씬 더 높은 일당을 받을 수 있는데도 그렇게 하지 않는단다.

이 사실을 알고 나서야 나라마다 문화의 차이가 존재한다는 걸 실감했다. 명절 기간에 아무리 많은 급여를 준다고 해도 웬만해서는 일을 하지 않고 고향에 내려가거나 쉰다는 사실. 그래서 뗏 기간에는 문을 닫는 음식점이나 상점이 아주 많고, 호텔 같은 경우 일하는 사람이 부족해서 청소가 오후 늦게 진행될 수도 있는 것이다. 베트남 문화를 몰라서 생긴 오해지만 무턱대고 베트남 사람들을 의심했던 내가 부끄러웠다. 하지만 사람 일은 모르는 법! 이게 오해일 수도 있고 아닐 수도 있다. 그래도 숙소의 여권, 돈 등 귀중품은 항상 잘 챙기기. 방에 아무도 없이 외출하게 되면 귀중품은 무조건 캐리어에 집어넣고 자물쇠를 채워 두기. 지켜서 잃을 건 없다.

DAY 3 😊😊   2월 15일 목요일

정겨운 하노이 풍경

나와 우리 집 아이들은 망고를 아주 좋아한다. 평소에도 말랑말랑하면서 달콤한 망고를 먹고 싶지만, 한국에서는 한 개 5,000원~10,000원꼴이다. 망고가 저렴한 말레이시아를 다녀온 뒤로는 이거 아까워서 도통 사 먹질 못하겠다. 6개월 내내 둘째 아이가 망고가 먹고 싶다고 노래를 부를 때마다 나는 "베트남 가서 망고 많이 먹자!" 하고 강조해 두었다.

하노이에는 롱비엔 시장Chợ Long Biên이라는 새벽 도매시장이 있다. 거기 가면 과일을 아주 저렴한 가격에 살 수 있다고 해서 새벽 여섯 시 반에 엄마와 둘이서만 롱비엔 시장으로 갔다.

이른 새벽, 북새통이었던 롱비엔 시장

나는 한국에서도 새벽 도매시장에 가본 적이 없다. 그야말로 북새통이었다. 사람, 오토바이, 수많은 과일. 거기다 어둡기까지. 활기찬 새벽시장을 느낄 수 있어서 정말 좋았다. 시장 초입의 가게들은 가격이 좀 나가는 것 같아서 안쪽으로 더 들어가 보았더니 세상에, 노란 망고를 1kg당 2만 동에 판다. 한국 돈으로 1,000원. 망고 한 개가 500g이라고 생각하면 개당 500원이다. 한국에서 먹을 수 있는 가격의 10분의 1! 이런 감격스러운 가격에 많이 사지 않고 배길 수 있나. '하노이에 있을 날이 이제 3일 남았는데 과연 다 먹을 수 있을까?' 해서 4kg만(?) 구매했다. 이 예상은 오산이었다. 망고를 만 하루 만에 다 먹어 버린 것이다. 망고에 굶주려 있던 우리 아이들과 나는 롱비엔 시장에서 산 망고를 '때는 이때다!' 하고 맛있게 먹었다. 우리 집처럼 망고 킬러들이 모여 있는 집은 한 번에 10kg을 사도 무방할 듯하다. 단, 망고도 여러 종류라서 우리 입맛에 맞는 망고가 있고 안 맞는 망고도 있으니 약간의 운이 필요하다. 다행히 롱비엔 시장에서 산 망고는 우리가 예전부터 먹어보았던 다디단 망고였다.

망고 4kg, 용과 1.5kg을 산 후 옆에 있던 귤이 먹음직스럽게 보여서 한 개를 들고 서비스로 줄 수 있는지 영어로 물어봤는데 상인이 내가 귤을 구매하려는 줄 알고 귤을 한 바구니 담아주려고 한다. 호호, 아니에요. 귤은 한국에서도 먹을 수 있답니다.

그랩을 타고 롱비엔 시장을 왕복하였으니 교통비용을 생각하면 실상 롯데마트에서 더 비싼 망고를 사는 거랑 가격 차이가 없었다. 심지어 우리가 롱비엔 시장에서 구매한 과일의 총가격보다 왕복 그랩 이동비가 더 나왔다는 사실. 그래도 나는 마트에서 망고를 쉽게 구매하는 것보다 새벽시장의 활기를 제대로 느껴보고 저렴하게 과일을 구매하는 것이 더 좋다. 기회만 된다면 맨날 가고 싶은데 말이다. 다음에 하노이에 방문할 때는 롱비엔 시장 근처로 잡아야겠다는 무모한 생각까지 한 나다.

과일을 한 아름 안고 집으로 돌아와 보니 우리 아이들이 식탁에 앉아서 학습지를 풀고 있었다. 새벽에 엄마와 둘이서만 외출할 때, 아이들이 벌써 눈을 비비고 일어나길래 천천히 일어나서 쉬도 하고 물도 먹고 학습지를 조금 풀어 놓으라고 했었다. 그랬더니 성실하게 앉아서 공부하고 있는

호안끼엠 호수의 아침 풍경

우리 아이들. 이럴 때 나의 교육철학을 유지해 온 것에 대해 뿌듯함을 느낀다. 평소에 강도 높은 공부를 하지 않는 우리 아이들은 여행지에서 학습지를 푸는 것에 대한 큰 거부감이 없다. 마음속으로 참 고마웠다. 앞으로도 계속 이렇게 꾸준히 공부하게 하리라.

7시 45분 레지던스 셔틀을 타고 호안끼엠 호수 근처의 오페라 하우스에서 내렸다. 오늘의 일정은 호안끼엠 호수 주변을 둘러보는 것. 한 번 와봤다고 금세 지리가 익숙하다. 어제는 호수 주변에 관광객이 너무 많아서 구경할 엄두가 나지 않았었는데 아침이라 그런지 생각보다 한산하다. 호수 주변으로 조깅하는 사람들이 보였다. 곱게 차려입고 사진을 찍는 분들도 여럿 보였다. 베트남 여행을 하면서 흥미롭게 느꼈던 것 중 하나는 사람들이 사진 촬영을 아주 많이 좋아한다는 것이다. 베트남 사람들은 전문 사진기사까지 동원해서 스냅 사진을 찍는다. 우리네가 신혼여행이나 아이 100일, 아이의 돌 사진 등 일생에 거의 손가락 안에 들 정도로 스냅 사진을 찍는다면, 이 나라 사람들은 꽤 자주 찍는 듯 보인다. 명소에 가면, 아니 굳이 명소가 아니더라도 화려한 아오자이Ao Dài6를 차려입고 활짝 웃으며 사진을 찍고 있는 사람들을 어렵지 않게 발견할 수 있었다.

소녀같이 화사하게 웃으며 단체 사진을 찍는 베트남 여성들

6   베트남의 전통의상. 주로 여성이 입는 옷을 한정하여 가리킨다.

호안끼엠 호수 한가운데 있는 응옥썬 사당Đền Ngọc Son. 초록색 호수 위에 있는 섬의 모양이 꼭 옥으로 만든 산처럼 보인다고 하여 응옥썬[7]이라는 이름이 지어졌다고 한다. 이 사당에 들어가기 위해서는 빨간 나무다리를 건너야 하는데 우리 아이들은 이 다리가 꼭 〈센과 치히로의 행방불명〉[8]에 나오는 다리와 흡사하다며 반가워했다. 빨간 다리를 보고 애니메이션의 장면을 떠올리다니 참으로 순수한 녀석들이다.

사원을 구경하고 나오자 귀여운 꼬마들이 여럿 보였다. 어느 어린이집에서 이 사원을 견학 온 모양이었다. 어린 꼬마들이 모두 아오자이를 입고 브이를 하고 있었다. 정말 귀엽다. 우리 아이들도 저렇게 귀여웠던 꼬꼬마 시

7 베트남어로 '옥산'이라는 뜻
8 스튜디오 지브리가 제작한 미야자키 하야오 감독의 애니메이션 영화

응옥썬 사원에 견학 온 베트남 어린이들

절이 있었는데 그땐 너무 힘들어서 지금만큼 따뜻하게 대해 주지 못한 것 같아 미안한 마음이다. 난 항상 지쳐 있었다.

금강산도 식후경이지! 오전 9시 30분쯤 되었을까. 아침부터 쫄쫄 굶은 채로 돌아다니자 엄마와 아이들이 힘들어한다. 그래서 문재인 전 대통령이 다녀갔다는 유명한 쌀국수 식당인 포 텐 리꿕수 Phở 10 Lý Quốc Sư를 찾아갔다. 어머나, 아침 9시 30분부터 줄서기 있기? 식당 직원들이 인근 카페로도 쌀국수가 담긴 접시를 나르는 걸 보니 카페에서도 이 집의 쌀국수 섭취가 가능한가 보다. 한 그릇 식사다 보니 회전율이 높아 줄은 금세 줄어들었고 드디어 우리도 이 유명한 쌀국수를 접하게 되었다.

평소에 음식도 많이 가리고 정말 조금 먹는 우리 둘째 아이. 3월이면 학교에 갈 나이지만 20kg이 채 되지 않는다. 둘째 아이가 말레이시아에서 쌀국수를 그렇게 잘 먹지 않았더라면 나는 이번 방학여행을 베트남으로 결정하지 않았을지도 모른다. 끔찍한 아들 사랑이다! 쌀국수만큼은 1인분을 거뜬히 먹을 수 있다는 만 여섯 살 둘째 아이. 우리는 성인용 쌀국수를 네 개 시켜서 말끔하게 다 먹었다. 아들은 본인 국수를 다 먹고 외할머니의 국수를 빼앗아 먹기까지 했을 정도로 쌀국수를 좋아했다. 베트남 여행 와서 키 좀 크겠거니 하고 속으로 진심 감사했다.

베트남 사람들은 쌀국수를 먹을 때 꿔이 Quay라는 튀김을 곁들여 먹는다. 겉으로 보기에 굉장히 바삭해 보이고 따뜻해 보여서 시킬까 말까 고민했다. 친정엄마가 튀김이라 건강에 해로우니 시키지 말라고 하셔서 주문하지 않았는데 안 시키길 참 잘했다. 식당에서 쌀국수를 다 먹고 나오자 웬 커다란 상자가 배달되더라. 식당 직원이 그 상자를 칼로 여니 공장에서 대량 제조된 것 같은 꿔이가 잔뜩 들어있었다. 세상에! 그 어떤 포장 비닐 하나 없이 꿔이 수백 개가 종이상자에 그.대.로. 담겨 있었다. 종이상자 내부는 과연 깨끗할까? 꿔이에서 흘러나온 기름 자국이 상자 안팎으로 진하게 물들어 있었다. 아무리 공장에서 온다고 해도 그렇지 포장 하나 되어 있지 않은 건 너무했다. 우리나라 같으면 열 개나 스무 개씩 딱딱 비닐에 포장했을 것이다. 이 식당에서 바로 튀겨서 나온 꿔이가 아니라 너무나도 비위생적으로 보이는 상자에 담겨 배달된 꿔이. 그 광경을 본 뒤로 난 베트남에서 한 번도 꿔이를 먹지 않았다. 어디선가 식당에서 갓 조리되어 나오는 꿔이가 있다면 한번 맛은 보고 싶다.

호찌민 묘소를 가 볼까, 호아 로 감옥박물관을 가 볼까 의견 조율을 하는데 나를 제외한 세 명이 모두 다리가 아프단다. 그때 엄마가 "시티투어버스는 어떨까?" 하고 살짝 제안하셨다. 매연이 가득한 하노이에서는 시티투어버스를 탈 계획이 전혀 없었지만, 조금이라도 앉아서 쉬고 싶은 그 마음을 알아드리고 싶은 마음에 매표소를 찾아갔다. 어랏, 두 개의 창구가 있네.

2층 버스회사와 1층짜리 미니버스회사가 있었다. 나는 미니버스 요금이 더 저렴하여 그걸로 결정했다. 그런데 적어도 두 회사의 버스 노선은 비교해 보고 탔어야 했다. 당연히 코스가 비슷한 줄 알고 탔더니 이런, 호안끼엠 호수를 벗어나 서호 쪽으로 가네? 상당히 넓은 면적을 자랑하는 서호를 한 바퀴 돌아 다시 호안끼엠 호수 쪽으로 돌아오니 무려 1시간 30분이나 지나있었다. 서호는 우리 숙소 쪽이니 항상 지나갈 수 있는 곳인데. 이럴 줄 알았으면 조금 비싸더라도 2층 오픈 버스를 탈걸 그랬다. 네 시간 안에 무제한으로 관광지에 내렸다가 다시 탈 수 있는 표를 샀지만, 웬일인지 내리기가 싫다. 귀찮다. 좌석에 한 번 앉았더니만 그냥 그대로 마지막까지 가고픈 마음이다. 그래. 95분간 승하차 없이 쭉 타는 티켓을 끊었어야 한다. 그 표가 무려 2,500원이나 더 쌌는데 말이지. 베트남에 오니 절약 마인드가 더 생긴다. 물가가 싼데도 불구하고 말이다. 나의 절약 정신은 어디에서 온 것일까? 친정엄마한테서는 아닌 것 같고. 하여튼 중간에 내리지 않은 결정적인 이유는 내렸다가 다시 탈 때 시티투어버스를 기다리는 일이 더 고역일 것 같아서다.

호안끼엠 호수 주변의 풍경

호안끼엠 호수 주변의 풍경

미니버스의 마지막 코스에 호아 로[9] 감옥박물관 정류장이 있어서 거기에서 내렸다. 이곳은 꼭 가야 한다. 이 박물관은 우리나라와 같이 전쟁과 식민의 역사를 가진 베트남에 오면 아이들과 꼭 둘러봐야지 했던 곳이다. 프랑스 식민지 시절 프랑스군이 베트남의 정치범들을 이곳에 수감시켰고, 수감되었던 베트남의 독립 투사들이 이곳을 '호아 로'라고 부르며 독립 의지를 다졌다고 한다. 프랑스 식민시절에 만들어진 건물이라 그런지 건물 입구에도 '메종 센트럴Maison Centrale[10]이라고 프랑스어로 적혀있다. 베트남 전쟁 기간에는 베트남군이 미군 포로를 가둬두는 수용소로 활용했다고 한다.

이번에도 한국어 오디오 가이드를 네 개 빌려서 박물관을 감상했다. 전쟁과 식민지의 상황/시기는 다르지만, 우리나라의 역사와 닮은 곳이 있어 기대가 컸고 기대가 컸던 만큼 진중하게 잘 관람한 곳이 되겠다. 실제로 베트남 독립 투사를 가뒀던 방도 직접 들여다볼 수 있었고 그들이 감옥에서 어떻게 생활했는지도 생생하게 볼 수 있었다.

그 시절 감옥에 갇힌 수용자들은 한 발목에 철로 된 자물쇠를 달고 억압을 받았었다. 구경했던 모든 감옥의 방에 발 전용 철 자물쇠가 달린 것을 보고 마음이 아팠다. 좁은 감옥에 갇힌 것도 답답할 텐데 발까지 저리 채워 놓으면 어떻게 움직이란 말인가. 인간으로서 최소한의 자유도 누리지 못한 생활이었을 것 같다. 조국을 위해 싸우는 독립 투사라는 이유 하나만으로

---

9 베트남어로 불타는 용광로라는 말
10 프랑스어로 중앙 교도소라는 말. 프랑스어로 메종은 집, 주택을, 센트럴은 중앙을 뜻한다.

말이다. 물론 프랑스군에게는 독립 투사가 아니라 제거 1순위 대상자였겠지만.

호아 로 감옥박물관에서 오디오 가이드를 경청하는 아이들

또 하나 충격적이었던 전시 물품은 실제 크기의 단두대였다. 나는 이것을 책에서만 사진으로 접해보았지 실제로 본 건 처음이었다. 이게 모형인지 진짜 사용했었던 진품인지는 모르겠다. 저 높은 곳에서 떨어지는 칼에 의해 본인의 머리가 떨어져 나간다면? 윽, 생각만 해도 끔찍하다. 눈물이 났다. 나라를 위해 본인의 목숨을 걸고 싸우는 의로운 사람들을 왜 죽여야만 했을까. 일제강점기 때, 대한민국의 많은 독립 투사가 죽임을 당했던 것을 생각하니 감정이입이 되면서 더욱 가슴이 아팠다.

우리 아이들은 호아 로 감옥박물관을 어떻게 감상했을까. 이번에도 오디오 가이드의 숫자를 찬찬히 눌러보고 끝까지 열심히 듣더라. 그 역사를 자세히 알게 되었든, 아니면 듣고 흘리고 지나갔든 박물관에서 참을성 있게 전시를 관람한 것에 손뼉을 쳐주고 싶었다. 베트남 여행을 다녀온 후 첫째 아이에게 어떤 박물관이 가장 인상 깊었냐고 물어보았다. 단숨에 하노이의 호아 로 감옥박물관과 호찌민의 전쟁 박물관이라고 한다. 어린아이의 눈에도 전쟁과 식민의 역사가 인상 깊게 다가왔었나 보다.

탕롱 수상인형극장에서 공연을 보기로 한 날이라 시간 맞춰 극장에 도착했다. 우리나라처럼 농업을 근본으로 한 베트남에서는 힘든 농사일이 끝나고 나서 잠깐의 휴식을 즐기기 위해 인형극 놀이를 하였는데 이것이 지금의 수상인형극이 되었다고 한다. 우리나라에서 인터넷으로 인형극 표를 예매하게 되면 좌석의 등급까지는 지정할 수 있으나 좌석의 위치는 지정되지 않는다. 그래서 나는 하루 전, 극장 매표소에서 Vip석의 가운데 자리로 지정하여 표를 직접 구매했다. 이름에서 알 수 있듯이 이 공연은 물속에서 하는 인형극이다. 양옆으로는 전통악기 연주자들이 자리한다. 베트남어로 공연이 진행되긴 하지만 인형극의 흐름을 아는 데 지장은 없었다. 성우들이 공연 중간중간마다 내는 소리가 참 재미있었다. 특색 있는 공연이었다. 어떤 여행자는 베트남의 여러 도시를 방문할 때마다 수상인형극을 관람한다고 했지만, 내 개인적인 기준에서는 두 번은 절대 아니고 한 번으로 족한 공연이었다. 베트남 여행 기념으로 딱 한 번쯤은 볼만하다!

갈 곳이 이리도 많고 먹을 곳이 이리도 많은데. 왜 이렇게 시간이 빨리 흘러가는지. 하노이에서의 5박은 내겐 너무 짧은 일정이다. 그러고 보니 오늘도 참 빡빡한 일정이었구나. 많은 것을 보고 느낀 것 같아서 뿌듯했다. 힘들었을 엄마와 아이들을 위해 저녁 식사는 특별히 내가 직접 만든 요리를 선보였다. 어제 산 소고기와 청경채를 간장으로 조리하여 주었더니 가족들이 잘 먹었다.

오늘의 돈 🗒️

그랩 (숙소-)롱비엔 시장) : 7만 동
과일 : 12.5만 동
그랩 (롱비엔 시장-)숙소) : 6.3만 동
응옥썬 사원 (Đền Ngọc Sơn) : 입장료 10만 동
식사 (Phở 10 Lý Quốc Sư) : 26만 동
하노이 시티투어버스 : 45만 동
호아 로 감옥박물관 : 오디오 가이드 20만 동
버스 (호아 로 감옥박물관-)탕롱 수상인형극장) : 2.1만 동
간식 (XIXUE 아이스크림) : 2만 동
그랩 (탕롱 수상인형극장-)숙소) : 7.1만 동
총 138만 동 (약7.5만 원) 지출

탕롱Thăng Long이라는 말은 어떻게 생겨났을까.

하노이가 베트남의 수도가 된 것은 1010년이다. 나라를 건국한 리타이또Lý Thái Tổ 황제가 이 지역의 홍강에서 용이 승천하는 것을 보고 도시 이름을 탕롱이라 지었다고 한다. 응우옌 왕조Nguyễn dynasty 때는 중부 지역의 후에, 프랑스 식민시절에는 남부 지역의 사이공Sài Gòn(현재의 호찌민)으로 수도가 옮겨졌던 적은 있지만, 다시 하노이가 수도가 되었다고 한다. 그래서 하노이에는 명소나 가게 이름 앞에 탕롱이라는 글자가 붙은 곳이 꽤 있다.

탕롱 수상인형극장

여행을 준비할 때, 이 인형극은 물속에서 공연이 진행되어 처음에는 신기하다가 중간 지점 이후에는 집중도가 떨어지고 잠이 온다는 말을 많이 들었다. 그래서 맨 앞자리의 Vip석으로 구매했는데 결론적으로는 그래도 잠이 온다는 사실! 관람자의 나이나 피로도에 따라 다를 순 있겠다. 양옆의 전통악기 연주자도 본인 파트가 아닐 때는 졸았다. 심지어 이 연주자는 공연 도중에 앞 연주자와 시시덕거리며 대화하고 핸드폰을 사용하기까지 했다.

Vip석이 맨 앞자리라 그런지 연주자의 불성실한 태도가 잘 보였다. 수상 인형극이 베트남의 전통적인 인형극이라는 것은 인정하지만 모든 공연자가 성실하게 공연에 임하는 건 아닌 것 같다. Vip석 가격이 1인당 만 원 정도로 저렴한 만큼 딱 그만큼의 퀄리티였다. 베트남 방문이 처음이라면 기념으로 한 번쯤은 볼만한데 두 번까지는 절대 아니다. 지극히 개인적인 생각.

그리고 나는 무심코 가장 첫 타임인 오후 세 시 공연을 예매했다. 호아 로 감옥박물관에서의 관람이 생각보다 길어져서 겨우 공연 시작 5분 전에 도 착했지만, 다행히 공연 첫 타임이라 여유롭게 바로 들어갈 수 있었다. 나 중에 공연이 끝나고 나와 보니 오후 네 시 공연 예매자들이 다수 대기하고 있었는데, 공간은 작고 사람은 많다 보니 아수라장이었다. 만약 하노이에 서 수상인형극을 볼 계획이라면 첫 타임을 추천한다. 공연 시간 전에만 도 착하면 한가하게 공연장으로 들어갈 수 있다.

한 번인으로 만족했던 수상인형극 관람

유유자적 닌빈 투어

　하노이 여행 계획을 짤 때 하롱베이Vịnh Hạ Long를 갈 것인가, 근교의 닌빈 Ninh Binh을 갈 것인가, 아니면 둘 다 갈 것인가를 많이 고민했다. 하노이에서 5박을 하는데 첫날과 마지막 날은 이동시간이 있어서 특별한 일정을 잡을 수 없었다. 하노이가 베트남의 수도인 만큼 여러 박물관과 도서관, 그리고 호찌민 묘소는 꼭 들러야 하는데. 아, 하노이가 볼거리가 이렇게 많은 줄 알았다면 여행 기간을 더 늘려야 했는데. 누가 하노이를 노잼도시라 하였 는가. 어쩌면 남들이 말하는 노잼도시가 나에게는 더없이 즐거운 잼도시일 지도 모른다. 고심 끝에 근교 닌빈을 선택했다. 하롱베이는 이동시간만 왕 복 여섯 시간이 걸려서 아무래도 친정엄마와 아이들이 피곤해할 것 같았기 때문이다.

　당일 투어는 한국에서 예약하고 갈까 하다가 현지여행사에 직접 예약하 는 것도 하나의 재미일 것 같아서 하노이 여행 첫날 현지여행사Ms Cloud Travel

에서 구매했다. 닌빈 지역의 투어도 여러 가지로 세분되는데 우리에게는
바이딘 사원Chùa Bái Đính—짱안Tràng An—항무아Hang Múa 코스가 적당할 것 같아
이 코스로 결정했다.

7시 40분까지 여행사 앞으로 집합하기로 해서 6시 30분에 그랩을 불렀
다. 그랩이 잡혔는데 화면상에서 움직이질 않네. 이런, 시간이 빠듯한데.
이래서 여행을 가면 관광지와 가까운 숙소를 잡아야 하는구나. 하는 수 없
이 그랩을 취소하고 레지던스에서 불러준 G7 택시를 타고 출발했다. 그랩
보다 비싸긴 했지만 어쩔 수 없었다.

당일 투어에서 제공되는 점심이 부실하다고 들은 터라, 아침부터 배
를 꽉꽉 채웠다. 유명한 로컬식당인 퍼 쓰엉Phở Sướng에서 쌀국수를 먹
으려고 했으나 헐레벌떡 찾아간 그곳에서 아저씨는 인자하게 웃으며
"Tomorrow!"를 외쳤다. 뗏 기간 연휴 다음에 와서 그런지 식당에서 퇴짜
맞는 일이 상당하다. 하는 수 없이 픽업 장소 근처 가게에서 반미를 사 먹
고, 이동 중간에 들른 휴게소에서 쌀국수랑 반미를 또 사 먹었다. 이날 사
먹은 반미는 내 생애 두 번째 반미였다. 바삭바삭한 쌀 바게트 안에 방금
조리한 계란 후라이와 양념 소고기가 있는 반미의 맛은 최고였다. 차선책
으로 선택했지만 모두 꿀맛이었던지라 기분이 아주 좋았다.

여행사 앞에서 대기하고 있다가 어떤 리무진 버스를 탔다. 이 버스는 호
안끼엠 호수 주변의 호텔을 돌며 여행객을 픽업하지만, 우리같이 이 주변

에 호텔을 잡지 않은 사람들은 직접 여행사 앞으로 와야 한다.

리무진 버스에서는 한국인, 베트남인, 중국인, 인도인, 국적 불명의 한 서양인을 볼 수 있었다. 인도인 가족의 아저씨는 리무진 버스를 타자마자부터 바이딘 사원에 도착할 때까지 코를 아주 심하게 골면서 자고, 아주머니는 버스 안에서 쉼 없이 뭘 먹어대더니 유튜브를 크게 틀어 놓고 감상하더라. 아아. 이게 문화의 차이인 건지 이 사람들이 무례한 건지. 남편이 코를 심하게 골면 주변 사람들이 시끄러워할 수도 있으므로 남편에게 귀띔을 해줄 수 있지 않나? 코를 고는 정도가 차원이 달랐다. 소음 데시벨을 측정하는 기계를 대보고 싶을 정도로 정말 크게 골더라. 내 또래로 보였던 인도 아주머니 역시 다른 사람의 귀는 전혀 배려하지 않은 채, 유튜브 영상의 볼륨을 어찌나 크게 틀고 감상하던지. 거기다 독 방귀도 두 번이나 뀌었다. 아주머니는 허리가 훤히 드러나는 크롭티를 입고 있었다. 따라서 그녀의 지독한 방귀는 청바지의 엉덩이 부분을 타고 올라와 그대로 공기 중으로 분사되었다. 인도에서는 공공장소에서 방귀를 뀌는 것이 전혀 문제 되지 않나? 참 궁금하다. 지금도 어디선가 방귀 냄새가 나는 것 같은 이 느낌은 뭘까. 그때는 그 무례한 행동이 너무 싫었는데 지금은 아이들과 얘기하면서 깔깔깔 웃는다. 재밌는 에피소드를 만들어 주신 그 인도 아주머니한테 심심한 감사 인사라도 전해야 하나.

베트남 최대 규모라는 바이딘 사원은 최근에 지어진 사원답게 넓고 웅장

했다. 불교 신자는 아니지만 우리는 여기서 각자 소원을 빌고 약간의 기부
도 했다.

사원을 들렀다가 간 식당. 웬걸. 너무 맛있는데? 뷔페가 맛이 없다고 한
사람 누구야? 같은 한국 사람이라도 입맛은 다 다른가 보다. 여행을 가기
전 찾아본 인터넷 정보에서는 분명 닌빈 투어에서 제공되는 점심 식사가 별
로라고 했다. 하나같이. 나는 배가 찬 상태였음에도 불구하고 점심이 맛있
었다. 특히 조각과일 샐러드가 매우 맛있었고 용과, 짜조$^{Chả Giò 11}$, 볶음면,
염소고기도 담백하고 맛이 좋았다. 역시 먹는 것에 진심인 사람, 바로 나다.

그리고 방문한 짱안. 짱안은 육지의 하롱베이라는 별칭을 갖고 있을 정
도로 하롱베이와 비슷한 장관을 자랑한다고 한다. 첩첩산중을 이루는 독특
한 석회암 산을 배경으로 유유자적하게 뱃놀이를 즐길 수 있는 곳이다. 짱
안에 오기 전, 숙소에서 이 지역 여행기를 검색했을 때는 뗏 기간으로 인
해 사람이 너무 많아 발 디딜 틈조차 없을 정도라고 했다. 내가 갔을 때도
역시 사람이 많았지만 그래도 뗏이 좀 지나서인지 발 디딜 틈 정도는 있었
다. 코로나가 터지기 수년 전 베트남 골프 여행을 다녀오신 우리 친정엄마
의 말씀에 따르면, 그때는 사람이 '거의' 없어서 신선놀음하는 것 같았단다.
줄줄이 사탕처럼 연결되기 일보 직전의 나룻배들이었지만 이런 경험이 처
음인 나는 독특한 산들에 둘러싸여 유유자적 즐기는 뱃놀이가 정말 좋았

11 다진 돼지고기에 새우 및 게살을 넣고 채소와 섞어 라이스 페이퍼에 말아서 튀긴 베트남식 만두

다. 뱃놀이하는 내내 우리 아이들은 배에 있던 여분의 노를 가지고 사공과 함께 신나게 노를 저었다. 나룻배를 타고 난 후 우리 아이들의 장래 희망이 뱃사공으로 바뀌었을 정도다. 우리 딸은 노를 너무 힘차게 저었는지 손에 물집이 잡히고야 말았다. 나도 중간중간 같이 노를 저어 보았는데 재미있었다. 그런데 뱃사공 혼자 노를 저으려면 꽤 많은 체력이 필요하겠더라.

많은 나룻배가 있었지만, 이상하게도 이 물 위에는 나 혼자서 탄 나룻배만 떠 있는 듯한 착각이 들었다. 배에서 즐기는 사색과 여유. 잔잔한 물 위에서 나는 머릿속으로 앞으로의 내 삶의 계획에 대해서 정리해 보았다.

언제부터인가 조용한 분위기에서 사색하는 것을 즐기게 되었다. 어렸을 때의 나는 내 생각과 의견을 신나게 말하는 것을 좋아하는 마냥 밝은 철부지였다. 결혼하고, 아이를 낳고, 아이를 키우면서, 예전에는 그렇게 떠벌렸던 내 생각을 한결 신중하게 속으로 곱씹어보게 되는 것 같다. 필터 과정을 거치지 않고 말했다가 혹시라도 말실수하지나 않을지, 다른 이에게 불쾌감을 주지는 않을지 하는 걱정도 조금 있다. 지금은 머릿속으로 생각과 고민은 많이 하는데 그 내용을 상대방에게 다 말하지는 않는다.

요새 매스컴에서 많이 등장하는 MBTI로 보면 대학생 때까지 나는 확고한 E형이었고 파워 J였다. 그때는 나의 존재를 알리는 걸 좋아했고 완벽주의 성향이 있었다면, 시간이 지나면서 점점 E와 I의 중간 그 어디쯤의 모호한 성격이 되었고 대략적인 계획만 세우는 약한 J가 되었다. 나이 듦에 따라, 직장에서든 일상생활에서든 사람들에게서 상처를 받는 경험도 많아지고, 무언가를 너무 완벽하게 하려는 성격이 나를 지치게 했기 때문이다. 예전에는 내가 계획한 것들을 100% 완벽하게 해내야 직성이 풀리는 성격이었지만 이제는 계획한 것이 잘 성사되지 않을 것 같다 싶으면 바로 수정한다. 계획을 수정해서라도 잘 이루고 싶다는 마음이 있다는 건 아직 나에게 J가 남아 있다는 뜻이겠지. 평화로운 공간에서 사색을 즐겼던 짱안에서의 뱃놀이는 특별한 기억으로 남는다.

베트남 전통모자를 쓴 귀여운 아이들

육지의 하롱베이, 짱안의 나룻배 위에서

그리고 도착한 항무아. 이곳 역시 석회암 산으로 이루어져 있으며 전망대에서 보는 닌빈 지역 풍경이 아주 멋지다고 한다. 그렇게 높아 보이는 산은 아니었지만, 상당히 경사져 보였다. 인솔자는 당일 투어 패키지라 그런지 관람 시간을 딱 1시간 20분만 주셨다. 관절이 건강하지 않은 우리 친정엄마는 아래 연못 주변을 쉬엄쉬엄 산책하시기로 했고 아이들과 나, 이렇게 셋은 전망대로 올라갔다. 아니 등반했다. 아, 이 전망대를 만만히 본 내가 잘못이다. 가파른 계단을 수십, 아니 수백 개를 걸어 올라가야 했다. 사진 찍기 좋아하는 베트남인들은 소수민족 의상을 멋지게 차려입고 열심히 사진 촬영 중이다. 정말 대단하다, 대단해! 내가 10년만 젊었어도 화려한 소수민족 의상을 빌려 입고 사진을 엄청나게 찍었을 것이다. 우리 아이들은 서로 경쟁하면서 잘도 올라간다. 서로에게 좋은 자극이 될 수 있다는 것. 다둥이의 장점이다(요새는 두 명도 다둥이라고 한다). 아이가 혼자였으면 노쇠한 이 엄마랑 전망대를 올라가느라 적잖이 실랑이했을 텐데 말이다. 전망대 꼭대기에는 각각 탑과 용 모양의 석조물이 있었는데 이 전망대에 오른 젊은이들은 용 머리 꼭대기까지 올라가서 기념사진을 찍더라. 저기 올라갔다가 굴러떨어지면 이 행복한 세상과는 영원히 바이바이일 것 같아서 올라가지 못했다. 이날 한동안 쉬고 있던 나의 엉덩이와 허벅지 근육은 오랜만에 제대로 된 자극을 받았더랬다.

짧았지만 강렬했던 등산. 항무아 전망대 오르기

에피소드가 하나 더 있다. 나는 이번 여행에 겨울용 슬랙스를 입고 갔다.

부츠컷으로 떨어지는 바지라 사진도 예쁘게 나오고 무엇보다도 편했다. 그런데! 이 슬랙스가 항무아 전망대로 올라가는 동안 흘린 나의 땀 때문인지, 찢어질 시기가 되어서인지, 아니면 올라갈 때 너무 힘을 줘서인지는 몰라도 엉덩이 부분이 그만 찍— 찢어지고 말았다. 아! 올라가는 도중에 그 찢어짐을 느껴 버렸다. 아이고, 창피해라! 다행히도 봉제선을 따라 쭉 길게 찢어진 것은 아니고 엉덩이 아랫부분의 실이 3cm가량 조금 터진 상태였다. 고로, 나는 느낄 수 있어도 남들 눈에는 찢어진 것으로 안 보인다는 사실. 그래도 산에서 내려오는 내내 찝찝했다. 한국으로 돌아가는 날도 입어야 하는 바지인데. 지금 한국은 영하 온도라 이 바지가 아니면 안 되는데. 에라. 모르겠다. 미래의 일은 그때 생각하기로 하고. 그나마 눈에 띄지 않는 부분이라 다행이다.

근육을 열심히 써 준 덕분에 하노이로 오는 1시간 30분 동안 버스 안에서 모두가 곯아떨어졌다. 돌아가는 차 속에서도 중국인들과 시끄럽게 떠든 인도인 부부를 제외하고(인도 아저씨는 중국에서 20년이나 거주한 덕에 중국어를 유창하게 구사할 줄 안다고 했다).

저녁 식사로 짜까Chả Cá[12]라고 하는 요리를 먹기 위해 투어버스에서 첫 번째로 내렸다. 그러자 가물치 요리가 유명하다는 것을 알게 된 한국인 가족과 중국인 가족이 우리를 따라 내렸다. 내가 선택한 일정을 다른 사람들이 따라 할 때, 왠지 모르게 뿌듯하다. 서로 맛있게 먹으라며 정이 담긴 인사

12 베트남어로 가물치라는 뜻

를 나눴다. 이 식당의 메인은 가물치 튀김에 쪽파, 허브, 고추, 땅콩을 곁들여 먹는 요리로, 내가 처음 접해보는 음식이라 색다르고 맛있었다. 특히 쪽파를 볶아 먹으니 정말 맛있다. 한국으로 돌아와서는 돼지고기를 구울 때 무조건 쪽파를 넣어 같이 구워 먹는다. 맛이 일품이다. 하지만 그래도 내 마음속의 1위는 하노이식 쌀국수지!

하노이의 맛집들을 많이 조사해 놓았지만 이런, 몇 개 못 갔다. 찾아놓은 음식점에 다 못 갈까 봐 가슴이 조마조마하다. 바로 근처에 유명한 분보^{Bún} Bò¹³식당이 있어서 들어가 맛보았다. 달곰하니 맛있었다.

하노이와는 정이 들어가는데 떠날 날 역시 점점 다가오고 있다. 하노이가 이렇게 매력적인 도시인 줄 알았다면 하노이 한 달 살기도 도전했을 참이다.

조금만 가면 근처에 동쑤언 시장^{Chợ Đồng Xuân}이 있지만, 걸어가면 친정 엄마와 아이들이 너무 힘들어하겠지? 아쉽지만 기찻길 옆 벽화 거리만 걸어보고 하루를 마무리하기로 했다. 벽화 거리는 상대적으로 덜 알려져 있는지 여행자들이 아예 없다. 하긴 나도 식당을 나와서 걷다가 우연히 발견한 거리지. 그래서 더 좋았던 벽화 거리다. 우리는 이 길의 끝에서 또 하나의 놀라운 사실을 발견하게 되었다. 바로 이 벽화들이 한국과 베트남의 협업을 통해 완성되었다는 것! 설명을 보니 우리 둘째 아이가 태어난 2017년 11월에 시작해서 2018년 2월까지 진행된 벽화 프로젝트임을 알 수 있었다.

13 비빔국수의 한 종류

우리나라와 베트남의 예술가들이 힘을 합하여 만든 벽화라고 하니 더욱 의미 있는 추억이 될 것 같다. 여행하면서 발견하게 되는 이런 우연! 정말 소중하다.

오늘은 숙소에서 새벽에 나와 밤 열 시에 들어간 날 되시겠다. 항무아 등산까지 한 날이라 모두 꿀잠 잘 듯!

기찻길 옆 벽화 거리에서 재미있는 포즈를 취하는 아이들

오늘의 돈

일반택시 (숙소~)호안끼엠 호수) : 10.5만 동

간식 (Bánh Mỳ Phố Cổ) : 6만 동

간식 (노점 Bánh Mỳ) : 0.5만 동

식당 (휴게소) : 15만 동

바이딘 사원 기부 : 1.5만 동

가이드 팁 : 2만 동

식당 (Chả Cá Thăng Long) : 28만 동

식당 (Bún Bò Nam Bộ Bách Phương) : 9만 동

그랩 (구시가지~)숙소) : 4만 동

총 78.5만 동 (약 4만 원) 지출

Tip

베트남 쌀국수 종류

예전에는 베트남 쌀국수 하면 육수에 쌀국수가 있고 그 위에 소고기 고명이
올라가 있는 소고기 쌀국수만을 떠올렸다. 그런데 쌀국수에도 종류가 있다
는 사실! 내가 이번 베트남 여행을 통해 접해 본 쌀국수, 그리고 접해보고
싶은 쌀국수를 한정적으로 간략하게 소개하겠다.

퍼보Phở14 Bò

우리가 알고 있는 일반적인(한국에서도 접할 수 있는) 소고기 쌀국수. 북부 지역의 쌀
국수며 가장 대중적으로 알려져 있다.

14 베트남어로 국수라는 뜻

퍼가Phở Gà

닭고기 쌀국수. 한국의 닭개장이랑 비슷한 맛으로 우리 입맛에 아주 잘 맞는다.

퍼보코Phở Bò Khô

프랑스 음식의 영향을 받은 쌀국수로 토마토 스튜와 소고기 육수로 만든다. 이것도 도전해 보고 싶었으나 아이들이 먹지 않을까 봐 시도해 보지 못했다.

후띠우Hủ Tiếu

남부식 쌀국수. 예전에 남부 지역이 캄보디아에 소속된 적이 있어서 캄보디아 영향을 받은 쌀국수라 한다. 퍼보와 비슷한 육수인데 고명으로 오징어, 새우, 소고기 등 훨씬 다양하게 올려져 있다. 마른국수를 써서 식감이 더 쫄깃하다. 후띠우는 호찌민 여행 시에 우연히 알게 되어 접하게 되었는데 정말 맛있었다.

분리우Bún Riêu

육수에 토마토가 들어가서 시큼한 맛을 낸다기에 시도해 보지 못한 쌀국수. 이것 역시 북부 지방에서만 볼 수 있다. 나중에 꼭 시도해 보리라.

분짜Bún Chả

북부 지역의 음식으로 오바마 대통령이 먹고 갔다는 분짜 흐엉리엔에 첫날 첫 일정으로 방문했으나 뗏 기간 연휴로 인해 아쉽게도 문을 닫아 이 집의 분짜는 못 먹었지만 다른 여러 분짜 음식점에서 흔하게 맛볼 수 있다. 돼지고기를 달게 양념한 것을 국수와 소스에 곁들여 먹는 것으로 남녀노소를 불문하고 안 좋아할 수가 없는 음식이다.

미꽝Mỳ Quảng

중부 지역의 비빔국수에 해당한다. 다낭 지역에서 맛볼 수 있는데 못 먹었다. 다낭을 재방문할 때 미꽝 역시 나의 목표 음식.

미 싸오 Mì Xào

볶음국수의 한 종류. 국수를 기름에 볶았으니 맛이 없을 수가 없다. 자주 먹으면 살이 많이 찔 것 같다. 태국의 팟타이와 느낌이 비슷한 음식이다. 다낭에서 처음 맛보았는데 불맛이 나서 아주 맛있었다.

까오러우 Cao Lầu

호이안 지역의 국수. 이 국수에는 일본의 영향을 받아 우동과 비슷한 식감의 면이 들어간다. 호이안 지방에서만 나온다는 우물물로 반죽해 국수가 쫄깃하다. 고명으로는 돼지고기와 바삭한 쌀과자가 올려 나온다. 개인적인 생각으로는 그저 식은 간장 우동 맛이다. 조식당에서 나올 때 몇 번 먹어보고 내 입맛은 아니어서 굳이 밖에서 사 먹지는 않았다.

쉬엄쉬엄 박물관 나들이

　첫날부터 계속된 빡빡한 일정으로 모두 피곤해하는 것 같아 오늘 오전에는 숙소 수영장에서 원 없이 수영을 즐기기로 했다. 우리 아이들은 물을 정말 좋아한다. 수영할 줄 알고 모르고를 떠나서 그저 물로 첨벙첨벙하는 걸 즐기는 것 같다. 나 역시 예전에는 여행만 갔다 하면 호텔 수영장, 바닷가에서 수영하기를 즐겼었다. 호텔에 묵을 때 수영장에 안 가면 큰일 나는 줄 알았던 사람이 바로 나다. 적어도 아이 낳기 전까지는. 지금은 아이들과 놀아 주느라고 수영장에 들어가지만 그래도 재미는 있다.

　신나게 수영하고 나서, 말끔한 상태로 하노이 민족학 박물관에 도착했다. 하노이 도심에서 조금 떨어져 있으나 하노이 여성박물관과 더불어 우리에게 일깨워 줄 내용이 많을 것으로 생각해 일찌감치 계획에 넣어두었다. 우리가 간 날은 주말이어서 그런지 베트남 가족들이 많이 보였다. 박물관 여기저기에서 행사를 많이 하고 있어서 더욱 베트남에 온 느낌이 났다.

말레이시아에서도 접해보았던 전통 민속놀이를 한쪽에서 하고 있었다. 이 놀이는 긴 대나무 여러 개를 가지고 모았다 펼쳤다 해서 리듬에 맞춰 이리저리 움직이는 전통 놀이다. 외국인 관광객들도, 우리 아이들도 신이 나서 참여했다.

민족학 박물관에는 아쉽게도 한국어 오디오 가이드가 없었다. 아마도 한국 관광객은 많이 오지 않는 듯하다. 서양에서 온 관광객들이 개인 가이드를 대동하고 영어로 된 설명을 열심히 듣고 있었다. 그 모습이 참 부러웠다. 우리나라 말이 세계 공용어였다면 우리도 한국어 개인 가이드를 통해 한국어로 제대로 된 설명을 들을 수 있을 텐데. 그래도 여성박물관에서 본 내용과 겹치는 내용이 있어서 이해하는 데 무리는 없었다.

본관을 나오니 야외에서 여러 체험이 이루어지고 있었다. 제일 신기했던 것은 목공 체험! 호이안에서 온 예술가가 대나무 뿌리를 이용하여 익살스러운 사람의 얼굴을 작품으로 만들고 있었는데 진짜 신기했다. 아이들은 조각칼을 이용해 나무를 깎아보는 체험을 해 보았다. 깎는 것까진 어떻게든 하겠는데 사람의 세세한 얼굴은 도대체 어떻게 표현하는 것일까? 대나무 예술가가 한국말로 또박또박 간략하게 설명해 주었다. 정말 귀여우셨다.

"행복하다! 대나무 뿌리. 깎아. 깎아. 호이안에서 왔어요!"

특히 예술가가 한 말 중에 '행복하다.'라는 말이 기억에 남는다. 나는 여행을 준비할 때 베트남어로 딱 세 문장을 외웠다.

'안녕하세요 Xin chào, 신 짜오.'

'감사합니다 Cảm ơn, 깜 언.'

'고수 빼주세요 Bỏ rau mùi ra, 보 라우 무이 라.' (고수를 먹지 못하는 딸아이를 위한 한마디)

어느 나라를 여행하든 '행복하다.'라는 말을 배울 생각은 한 번도 한 적이 없던 터라 이 대나무 예술가가 나의 모국어로 그렇게 말을 해주니 진심으로 고마웠다. 치아가 거의 다 빠지고 외모는 볼품없었던 할아버지 예술가. 이분에게서 진정한 행복의 표정을 보았다. 그는 소박한 웃음을 지으며 대나무 뿌리 예술로 행복을 퍼뜨리고 있었다.

인상적이었던 대나무 예술가의 작품 앞에서

옆에 있는 다른 건물로 들어가니 세계관이 나왔다. 덕분에 여러 나라의 예술 작품들을 구경할 수 있었다. 여기 어딘가에 한국관이 있다고 들었는데 어디일까? 예스! 찾았다. 맨 꼭대기 3층 전체가 한국관이었다. 물론 한국의 경제적 지원이 있었겠지? 우리나라 아파트의 부엌, 안방, 학생 방, 한복 등이 전시되어 있어서 꽤 볼만했다. 케케묵은 옛날 전시가 아니라 현시대의 대한민국에 대해 잘 표현한 전시라 마음에 들었다. 단 한 가지 거슬렸던 점은 여학생의 방. 아무리 대한민국의 K-POP이 세계적으로 유명하다고 한들, 여학생의 방을 아이돌 포스터로 도배해 놓고, 여러 색조 화장품을 전시해 놓은 건 뭐람. 다른 나라 사람들이 보면, 한국의 여학생들은 아이돌 가수만 따라다니고 진하게 화장하는 줄 알겠다. 성급한 일반화의 오류가 생길 가능성이 다분히 있다. 한국에도 여러 유형의 학생이 있지만, 그중에서 미래를 위해 자기 계발을 하거나 공부를 열심히 하는 학생들이 얼마나 많은데!

1층에서는 아이들을 위한 여러 만들기 체험이 한창이었다. 베트남도 한국이랑 똑같구나. 요즘 한국에서는 나 어릴 때와는 다르게 많은 장소에서 아이들을 위한 체험을 접할 수 있다. 베트남이라고 다를 것 없겠지.

이곳을 나오니 나무와 전통 가옥들이 늘어서 있는 정원이 나타난다. 이 정원은 코타키나발루에서 갔던 헤리티지 빌리지heritage village를 연상케 했다. 가옥의 모양도 비슷하고 계단의 모습도 비슷하다. 지열을 피해 가옥을 땅에서 떨어지게 지었다고 하는데, 매 순간 계단을 오르락내리락하는 것도 보통이 아니었겠는걸? 우리 아이들은 코타키나발루의 헤리티지 빌리지만

큼이나 이 정원을 좋아했다. 왜 아이들은 계단을 보면 올라가 보고 싶어 할까? 나는 저리 높은 계단은 올라가 보고 싶지 않은데. 모든 것에 호기심이 있는, 무한한 발전 가능성을 지닌 어린이들과 만사가 귀찮은 늙은 어른의 차이인 듯. 아이들이 올라와 보라고 성화여서 못 이긴 척 올라가 보았다가 내려올 수가 없다. 왜냐하면 너무 무서워서다. 여기서 떨어지면 적어도 다리 하나는 부러질 듯하다. 나의 도전 정신이 이렇게나 없어지다니. 점점 나이 들어가고 있다는 증거다. 높디높은 계단을 한 번 왔다 갔다 했더니 현기증이 나서 도저히 못 서 있겠다.

아이들이 정말 좋아했던 베트남의 전통가옥

근처 벤치에 앉아 그랩 예상 비용 검색이나 해 볼까? 큰일이다. 그랩을 타면 얼마나 나오는지 가격만 본다는 게 모르고 호출을 눌러 버렸다. 민족학 박물관에서 조금 더 있고 싶었는데. 그래도 두 시간 정도 있었으니 아쉬운 마음은 뒤로하고 떠나야지. 뭘 사지는 않더라도 기념품 샵을 꼭 구경하는 편인 나는 샵 구경도 못 하고 민족학 박물관을 헐레벌떡 빠져나왔다. 그래도 재미있는 추억이었다.

점심을 먹으러 도착한 곳은 롯데호텔의 팀호완^{Tim Ho Wan}. 대만에서 시작된 딤섬 레스토랑인 이 식당은 한국에도 있다는데 나는 아직 가보지 못했다. 정보를 찾아보니, 한국보다는 조~금 저렴한 가격이란다. 베트남 물가치고는 매우 비싼 레스토랑인 것이다. 하지만 롯데호텔 36층에 자리하고 있어서 전망대 역할을 톡톡히 한다고 한다. 그리고 제일 중요한 것은 바로 우리 친정엄마의 바람. 엄마는 여행 가기 전 나에게 당부하셨다. 여행 가서는 좋은 음식 많이 먹자고. 엄마는 행여라도 여행 가서 저렴한 음식만 먹는 게 아닌지 걱정이 많으셨나 보다. 실은 나는 여행지에 가면 그 나라의 서민들이 먹는 음식을 다양하게 먹어보고 싶은 바람이 있다. 저렴한 가격도 한몫하지만 그 나라 사람들의 생활, 그곳의 분위기를 더욱 진하게 느낄 수 있기 때문이다. 비싼 레스토랑에 가면 그 순간 음식은 고급스러울지 몰라도 내가 다른 나라에 왔다는 감흥은 확실히 떨어진다. 하지만 나보다 훨씬 나이를 많이 드신 친정엄마는 이제 고급 음식만 드실 나이다. 엄마에게 멋진 전망과 음식을 대접해 드리고 싶었다. 주말이었지만 자리는 여유가 있었고

운 좋게 창가 자리가 한 자리 비어서 앉을 수 있었다. 탱글탱글한 새우 딤섬과 씹는 맛이 느껴지는 돼지고기 딤섬! 시금치 딤섬은 크게 기대하지 않았는데도 쫀득쫀득하니 맛있다. 나랑 친정엄마는 매우 맛있게 잘 먹었는데 어린이들은 딤섬이 입에 맞지 않았나 보다. 한 점을 먹는 둥 마는 둥 하더니 둘이 창가에 붙어서 건물 찾기 놀이를 시작한다. 음식점에서 먹는 것 말고는 할 일이 없는데 이 아이들은 놀이를 잘도 찾아서 하는구나. 이때 또 한 번 감동이었다. 내가 만약 핸드폰 영상을 습관적으로 보여줬다면 으레 해왔던 대로 무표정으로 영상만 바라보고 앉아 있었겠지. 지금 우리 아이들이 하는 건물 찾기 놀이는, 예를 들면 '위에서 내려다보이는 운동장 옆에, 초록 지붕의 학교가 있고, 그 학교 옆에는 오토바이 주차장이 있고, 그

틈호텔에서 바라본 하노이 풍경. 한국 기업인 현대가 보인다.

옆에는 알록달록한 건물이 있는데 어디 있을까?' 하는 식의 기발한 놀이다. 아이들이 개발한 건물 찾기 놀이로 베트남 하노이의 건물들은 어떻게 생겼는지, 도시는 어떤 식으로 구획되어 있는지 알게 모르게 스멀스멀 느꼈으리라 감히 생각해 본다. 아이들은 엄마와 내가 식사를 끝낸 후에도 한참 동안 하노이 건물 찾기 놀이에 열중하고 있었다.

점심 식사를 못 한 아이들을 위해 우리 레지던스 앞의 쌀국수 식당에 갔다. 거하게 쌀국수 3인분을 먹고 나니 총비용이 7,500원. 한국에서는 1인분도 이 가격보다는 더 줘야 한다. 흐뭇한 물가에 감동하여 눈물이 날 정도였다.

아, 오늘이 하노이 마지막 날이구나. 가족들은 숙소에서 쉬고 나는 레지던스에서 자전거를 빌려 우리 숙소 주변을 탐색하기 시작했다. 처음에는 매연에 소음투성이였던 하노이. 전혀 마음에 들지 않았다. 그런데 난 왜 이 도시가 점점 좋아지는 거지? 왜일까? 하노이에는 그 어떤 도시에서도 느껴보지 못한 매력이 있었다. 가보고 싶었던 호찌민 묘소, 하노이 국립박물관, 성요셉성당, 하노이 시립도서관은 시티투어버스를 타고 가면서 먼발치에서 사진만 찍었다. 못 가봤던 명소들을 보기 위해서라도 내가 하노이에 다시 와야 하는 이유가 생긴 것이다.

숙소를 나와 서민들이 사는 동네 골목길도 가보고, 아이들이 뛰어노는 놀이터도 가보고, 왠지 핫플레이스일 것만 같은 카페와 갤러리도 가보았다. 그 공간을 조금 더 깊게 느끼고 싶었지만 그러기에는 시간이 부족했다. 다음에 하노이에 다시 오게 된다면 멋진 카페들을 탐방하며 여유롭게 책도 읽고 마음껏 사색해 보고 싶다.

내가 마지막으로 들른 곳은 역시 마트. 빈마트^{Vin mart}에서 망고와 용과, 말린 망고, 견과류 등을 샀다. 둘째 아이는 내가 오래도록 돌아오지 않자 걱정이 되어 할머니 핸드폰으로 전화했다. 지금도 기억하는 우리 둘째 아이의 목소리. 자유시간을 만끽하고 있던 나였는데 막상 아이의 목소리를 들으니 눈물이 났다.

"엄마, 언제 와?"

"곧 갈게!"

"응."

비록 짧은 대화였지만 아이의 목소리는 아직도 내 귀에 생생하다. 마지막에 "응." 하는데 그 목소리가 어찌나 귀엽고 애잔하던지. 항상 자유를 갈망하지만, 그래도 난 엄마다. 지켜야 할 아이들이 있는 엄마.

레지던스에 돌아와 하노이에서의 마지막 저녁을 보냈다. 내가 마트에서 사 온 고소한 마카다미아, 짭짤한 캐슈너트, 말랑말랑한 과일들을 먹으며 하노이에서의 마무리를 하자니 아쉬웠다. 여태껏 여행 다녔던 곳들이 마지막에 하나같이 아쉬웠지만 이렇게 눈물 나도록 아쉬운 적은 처음이다. 그만큼 하노이는 나에게 아주 매력적인 도시였다. 뭔가 마음이 싱숭생숭하고 슬픈 것 같기도 하고. 잠이 오래도록 오지 않았다. 하노이 정보를 얻고

자 가입하여 자주 가던 인터넷 카페에 들어가 끄적끄적 나의 아쉬운 마음을 남겼다.

오늘의 돈

그랩 (숙소-)하노이 민족학 박물관) : 7.7만 동

민족학 박물관 : 입장료 9만 동

그랩 (민족학 박물관-)롯데호텔) : 2.5만 동

식당 (롯데호텔 Tim Ho Wan) : 85만 동

롯데마트 : 8.5만 동

그랩 (롯데호텔-)숙소 앞 식당) : 5.7만 동

식당 (Spicy Pho Bay) : 15만 동

빈마트 (Vin mart) : 51만 동

총 184.4만 동 (약 10만 원) 지출

나의 하노이 숙소

Oakwood residence Hanoi

아이들과 함께하는 여행은 레지던스가 진리라고 생각했고 우리가 여행 가는 시기가 겨울이었기 때문에 실내 온수 수영장이 있는 숙소를 원했다. 그래서 결정한 곳이다. 이 레지던스는 서호 근방에 자리 잡고 있어서 명소들이 있는 구시가지와는 거리가 좀 있다. 우리가 머문 베트남 숙소 중 가장 넓었고 아늑했다.

주변은 현지 사람들이 사는 정겨운 곳. 곳곳에 멋진 카페들도 자리 잡고 있었지만, 마지막 날 혼자 자전거를 타고 돌아다니면서 지나치기만 했지 들어가 보지는 못했다. 여느 중고급 숙소와 마찬가지로 아침에 셔틀버스가 있어서 시간만 잘 맞추면 구시가지까지 편하게 갈 수 있었다. 레지던스기 때문에 구시가지 말고도 여러 학교로 가는 셔틀버스가 제공되고 있었다. 이 레지던스에는 하노이에 사는 일본인들이 많이 보였다. 오후가 되면 일본인 엄마들과 아이들이 레지던스 뒤편 정원에서 놀고 있었다.

하노이를 처음 방문한 사람이라면 호안끼엠 호수 주변의 숙소를 추천한다. 이 숙소는 조용하고 고급스럽기는 하지만 모든 명소와 거리가 멀어서 이동시간과 교통비용이 아깝기도 했다. 하노이에 여러 번 방문해 본 사람이거나 조용한 분위기를 좋아하는 여행자에게 추천하는 숙소다. 다음번에 하노이를 재방문하게 된다면 호안끼엠 호수 주변의 호텔을 예약할 것이다. 나는 베트남 음식을 너무나도 사랑하는 사람이 되었기 때문에 굳이 숙소에서 식사를 만들어 먹을 필요가 없을 것 같다.

하노이에서 나는 ⋯ 🎀

　복잡한 인파, 매연, 소음으로 점철되었다고 할 수 있는 베트남의 수도 하노이. 그런데 정이 드는 건 왜일까. 특히 호안끼엠 호수 주변은 사람들과 오토바이로 인해 걸어 다니기 굉장히 힘들었다. 다 같이 한 덩어리로 움직이는 듯한 느낌이랄까.

　하노이에서 가보고 싶었던 장소에 가면 바늘과 실처럼 따라붙는 생각이 있다. 이 명소 근방의 쌀국수 맛집, 분짜 맛집을 가야 한다는 생각. 구글 지도를 찾아보면, 다수의 여행가가 음식점에 대한 리뷰를 그 어떤 도시보다 많이 해놓았다. 처음에는 맛있다는 음식점이 너무 많고 다 베트남어로 된 식당이라서 헷갈렸었다. 하노이를 다녀와 보니 알겠다. 그만큼 맛있는 집이 많아서 음식점 리뷰가 많다는 사실.

　내가 유명한 식당을 못 찾았다고 걱정할 필요도 없다. 아무 데나 들어가도 기본적으로 다 맛있으니까. 소고기 육수는 한국인에게도 익숙한 맛이고, 또 국수 싫어하는 사람은 거의 없다. 글을 쓰는 지금도 하노이에서 먹었던 음식이 떠오른다. 맛있고 거기다가 저렴하기까지 하니 이건 반칙이다!

　내가 가려고 점찍어 두었던 음식점을 절반도 못 갔고, 하노이의 명소를 충분히 구경하지 못했다. 특히 음식점을 다 못 간 게 한이 될 정도로 아쉽다. 그래서 더 미련이 남았던 하노이였다. 다음에 다시 꼭 와야지. 그땐 일주일 이상 체류하면서 하노이의 매력에 듬뿍 빠져봐야겠다.

　하노이에 있으면서 놀랐던 사실은 관광객이 어마어마하게 많다는 것. 호안끼엠 호수 주변의 관광지는 그야말로 관광객 천지다. 하노이가 이렇게 관광도시인 줄은 꿈에도 몰랐다. 그런데 한국인은 생각 외로 안 보여서 또 놀랐다. 한국 사람들은 미세먼지 때문에 방문을 꺼리는 것 같기도 하고, 아직 하노이의 매력을 몰라서 방문을 안 하는 것 같기도 하고. 어찌 되었든 도시에 관광객이 많다는 건 그만큼 이 도시가 가진 매력이 많다는 뜻이겠지? 이건 지극히 개인적인 생각임을 강조하여 밝혀둔다. 우리 친정엄마에게는 하노이가 도무지 정신없는 도시였다고 하니.

호안끼엠 호수 주변의 풍경

하노이에서는 평범한 커피가게도

낭만이 되는 듯하다

2장

다낭,
호이안과
사랑에 빠지다

아이들과 함께하는 다낭, 호이안 여행 팁

☑ 다낭, 호이안은 관광도시이기 때문에 관광객을 상대로 영업하는 가게들이 매우 많다. 아이들과 함께 꼭 필요한 기념품이 무엇인지 생각해 본 후 구매하는 것이 좋다.

☑ 바나힐에 아이들이 좋아할 만한 놀이기구와 루지, 게임랜드가 있다. 바나힐은 매우 넓은 곳이므로 매표소 곳곳에 있는 종이 지도를 꼭 챙겨 다니도록 하자.

☑ 예쁘고 아기자기한 카페들이 많아서 쉬어가기에 좋다. 아이들이 힘들어할 때 들어가서 유명한 베트남 커피를 즐기는 것도 괜찮다.

☑ 수많은 마사지 샵들이 키즈마사지를 진행하고 있으니 어른들이 마사지를 받을 때 아이들도 함께 키즈마사지를 받으면 좋다. 아이가 마사지를 싫어한다면 가게의 동의를 얻은 후 로비에서 쉬면서 대기할 수도 있다.

☑ 몇몇 아트센터에서 하는 공연의 완성도가 상당히 높다. 아이들과 수준 높은 문화생활을 즐겨보자.

다낭에서는 어느 장소에서 사진을 찍어도 화보가 된다

다낭 속 유럽, 바나힐

맑고 쾌청한 다낭 하늘

오늘은 정들었던 하노이와 작별하고 경기도 다낭시로 떠나는 날이다. 한국인 관광객이 얼마나 많이 가면 경기도 다낭시라는 별명이 붙었을까. 별 기대는 없다. 한국인이 많으면 한국 내에서 여행 가는 거랑 무슨 차이겠어? 그래도 이왕 가는 거 휴양이나 잘하고 와야겠다는 다짐으로 출발해 본다.

우리 비행기는 낮 12시 10분 베트남항공이다. 역시 국내선 공항이라 그런지 국제선 공항보다는 덜 붐볐다. 특이하게 베트남은 공항 검색대에서 신발까지 벗고 검색을 당(?)한다. 신발에 마약과 같은 오남용 약들을 숨겨 갈까 싶어서 그런가?

검색을 무사히 마치고 게이트 앞의 의자에 앉아서 대기하는데 세상에나, 지금 다낭 가는 게이트 앞에 주욱 늘어서 있는 사람들 대부분은 서양에서 온 어르신들. 실제로 우리가 탔던 다낭행 비행기에는 베트남인 가족 한 팀과 한국인 우리 가족 한 팀 빼고는 모두 서양인 어르신들이었다. 다낭—호이안이 서양에서 은퇴한 사람들에게 휴양지로 알려져 있나 보다. 여행하면서 보니 특히 호이안은 서양 할머니, 할아버지 천지였다. 보통 70세 전후로 보일 만큼 나이가 많아 보였다. 우리 친정엄마는 저렇게 나이가 많으신 분들이 먼 베트남까지 스스로 오는 게 대단하다고 하셨다. 그중에는 패키지 여행 무리도 있었지만 대부분 자유여행으로 온 사람들로 보였다. 인생 후반에도 열정적으로 자신의 인생을 주도적으로 산다는 것. 배우고 싶었다.

다낭에 오후 1시 40분 도착이지만 짐을 찾고 정신 차린 후 나오면 두 시가 넘을 것 같아 예약한 렌트 차량 기사님에게 두 시에 국내선 청사 앞에서 보자고 약속해 두었다. 그런데 웬걸. 국내선이라 그런지 진행이 척척. 노이바이 국제공항과는 다르게 짐도 바로 나오고 우리도 바로 나왔다. 그랬더니 딱 오후 1시 40분이다. 시간이 지체되지 않아서 좋았다. 그래도 렌트 차량 기사님이 한 번도 만난 적 없는 우리를 하염없이 기다리느니, 우리가 먼저 나와 기다리고 있는 편이 낫다. 나와 보니 아! 저 선명한 하늘! 베트남은 남북으로 길~게 뻗어 있는 나라라 그런지 지역 간 날씨가 이렇게나 다르다. 쨍하고 선명한 하늘을 어렸을 적 이후로 처음 보는 것 같다.

잠시 후 멀리서 까만 선글라스를 끼고 나타나신 우리의 기사님. 한국에서부터 미리 연락드렸던 다낭 현지 기사님이다. 우리를 보자마자 보기 좋게 익은 망고 세 개가 담긴 봉투부터 건네는 그. 이런 작은 호의에도 기분 좋아지는 나다. 다낭 관련 인터넷 카페에서 어떤 한국인이 이용해 보고 친절하다면서 추천해 줬다. 한국인들이 선물에 약한 줄 이미 간파하신 모양이다.

특히 엄마는 하늘이 맑다며 좋아하셨다. 하노이보다 오토바이와 자동차 수도 현저히 적었다. 그러고 보니 다낭-호이안에는 유독 쨍한 노란 색의 건물이 많았다. 공기가 좋아서 노란색이 더 선명하게 보였는지도 모른다. 다낭은 한국 사람들이 많이 간대서 큰 기대 없이 온 곳인데 왠지 이곳도 좋아질 것 같은 행복한 예감이 든다.

하노이가 우리나라보다 덜 추운 겨울이었다면 다낭은 약간 후텁지근한 여름이다. 이게 북부와 중부의 차이구나. 우리나라는 영토가 그다지 길지 않다 보니 약간의 기온 차이가 있을 뿐 서울과 제주도는 같은 계절이다. 베트남은 우리나라보다 적도에 가깝기도 하고 영토가 남북으로 아주 길어서 하노이는 겨울, 다낭은 여름. 계절부터 다르다. 서늘한 데 있다가 따뜻함을 느끼니 포근하고 좋다.

시원한 에어컨이 틀어져 있는 식당은 역시나 관광객을 대상으로 영업하는 식당 같았다. 식당 안에 있는 사람들은 한 가족 빼고는 죄다 한국인이었다. 여기저기서 한국말이 들려왔다. 하노이에서는 한국인을 거의 못 봤는데 여기에서는 아주 많이 볼 수 있네. 하긴. 닌빈 투어를 같이 갔던 코 심하게 골던 인도 아저씨가 하노이에 오기 전, 다낭을 여행했는데 다낭은 여행객 대부분이 한국인이라고 했다. 이쯤 되니 한국인을 사로잡은 다낭의 매력은 무엇일지 궁금해지는구면.

점심 식사 메뉴로 모닝글로리, 가리비 쪽파 기름구이, 파인애플 볶음밥,

소고기 쌀국수, 반쎄오Bánh Xèo[15], 넴루이Nem Lụi[16]를 시켰다. 이 집은 아예 한국어 메뉴판이 있어서 우리가 입장할 때 우리의 생김새만 보고 한국어 메뉴판을 떡하니 가져다주더라. 친정엄마는 음식이 깔끔하고 맛있다고 좋아하셨지만 나는 뭔가 특색 있는 느낌이 아니라 그저 한국인의 구미에 맞춘 식당이라고 생각했다. 식사는 맛있게 했지만, 마음에 썩 들진 않았다. 이제 관광객 대상으로 하는 대형 음식점은 그만 가도 되겠다는 생각이 퍼뜩 들었다.

식사를 마치고 이동한 곳은 한시장Chợ Hàn. 관광객, 그중에서 한국인만 가고 현지인은 안 간다는 한시장. 여기에서는 말린 과일과 짝퉁 크록스를 가장 많이 산다고들 하는데…. 사람은 많고 일단 너무 덥다. 구경이나 해 보자고 들어갔다가 정신을 잃을 뻔했다. 나 혼자 왔다면 참새가 방앗간 못 지나치듯이 온 가게를 하나하나 구경했을 테지만 이번에도 아이들과 친정엄마가 별로 좋아하지 않아서 딸 아이의 농 라Nón Lá[17]만 하나 구매하고 나왔다. 농 라를 살 때 가게주인이 나에게 한국말로 정확히 "5만 동!" 이렇게 외쳤다. 그래서 웃으면서 "4만 동!"을 외쳤더니 바로 깎아주더라. 나중에 알게 된 사실인데 처음 부르는 가격의 절반 정도가 시세라고 한다.

도망치듯 한시장에서 나와 바로 앞 금은방으로 갔다. 베트남에서는 특이

---

15   쌀가루 반죽에 각종 채소, 해산물 등을 얹어 반달 모양으로 접어 부쳐 낸 베트남 음식
16   그릴에 구운 베트남식 소시지 내지는 미트볼. 넴느엉(Nem Nuong)이라고도 한다.
17   베트남 전통 밀짚모자

하게 금은방이 환전소 역할을 하는데 환전율이 좋은 편이라 한국인들은 금은방에서 많이 환전한다. 하지만 이게 불법행위기 때문에 공안이 들이닥치면 쥐도 새도 모르게 환전 영업은 중지된다고 한다. 우리나라의 5만 원권도 잘 쳐주고 미국의 100달러는 더 잘 쳐준다. 하노이에서 인출했던 베트남 동을 거의 썼던지라 나는 한시장 앞 금은방에서 환전해 보기로 했다. 처음에 가지고 갔던 100달러짜리를 내밀었더니.

"No, This is too old and dirty."

(아니요, 이 지폐는 너무 낡고 더럽네요.)

라고 한다. old라고? 무슨 말이지? 곰곰 생각해 봤다.

아차, 아이 낳는다고, 코로나 터졌다고 미국권을 한동안 가본 적이 없던 나는 그새 달러가 바뀐 사실도 모르고 있었다. 내가 뉴욕을 여행했을 때가 2012년도니 10년도 더 되었다. 나는 그때 쓰고 남은 달러를 가지고 있었던 거고. 어느새 내가 가진 달러는 옛 돈이 되어 있었다. 쓴웃음이 절로 나왔다. 구 달러를 어떻게 처리한담? 미국여행 가면 받아주나?

그리하여 구 달러는 환전하지 못했고 가지고 있던 5만 원권 다섯 장을 모두 환전했다. 그래도 베트남 동이 한꺼번에 많이 생겨서 어찌나 뿌듯하던지.

다낭의 명물이라는 핑크 성당을 지나 걸어가 보니 아기자기한 상점과 카페가 길을 따라 많이 있었다. 그러고 보니 베트남에 와서 마사지도 한 번 안 받아보고, 그 유명하다는 카페 쓰어 다Cà Phê Sữa đá[18]도 한 번 안 먹어 봤

18 베트남식 연유 커피

네. 안 해 본 것인가. 못 해 본 것인가. 갑자기 한가롭게 카페에 앉아서 카페 쓰어 다 한 잔 들이키며 책을 읽고 싶다. 하지만 나는 하노이에서 에그 커피를 맛보고 잠을 못 잔 경험이 있어서, 커피를 마시고자 할 때 매우 조심스럽다.

박물관 내부의 참파 왕국 관련 유물

다낭에는 다낭박물관, 호찌민 박물관, 참 박물관Bảo tàng Điêu khắc Chăm Đà Nẵng 등이 있는데 우리는 그중에서 참 박물관을 가기로 했다. 베트남의 오래된 역사 중에 참파 왕국Chiêm Thành이 있었고 이 왕국은 베트남 중부와 남부 해안 지역에서 무려 1,200년 동안이나 존재했다고 한다. 참파 왕국은 내가 갈까 말까 고민했었던 후에를 중심으로 성장했다고 해서, 이번 여행에서 후에를 못 간 대신 참파 유적 박물관을 보면 갈증이 좀 해소되지 않을까 싶었다. 이 박물관은 참파 유적 관련 세계 최대의 박물관이라 하는데 그러기에는 무척이나 소박한 규모이다. 그만큼 참파 왕국과 관련된 유물이 별로 남아 있지 않다는 뜻이겠지. 참 박물관에는 여러 석조 조각과 부조[19]가 있어서 인상적이었다.

이 건물 앞에서 관광객들이 힘들게 단체 사진을 찍고 있어서 내가 나서서 사진사가 되어 주었다. 어디서 왔냐고 물으니 말레이시아에서 왔단다. 그래서 히잡을 많이 쓰고 있었구나. 나는 작년에 말레이시아에서 따뜻한 정과 사랑을 많이 느끼고 왔기에 사진을 찍어주는 것으로 작게나마 보답하고 싶은 마음이 있었다.

"I love Malaysia!"

(나는 말레이시아를 사랑해요!)

를 외치며 사진을 찍어주니 말레이시아 단체 관광객들이 정말 좋아했다.

다시 박물관을 구경하고 있는데 참하게 생긴 베트남 여학생이 나에게 다가왔다. 그러고 보니 아까 단체 사진을 찍어주느라고 내 가방과 모자를 내려놓고는 모자는 놔두고 가방만 메고 왔었네. 말은 차마 못 하고 내 모자만 들고 쭈뼛쭈뼛 서 있길래 내가 먼저 사진을 같이 찍지 않겠냐고 청해 보았다. 그랬더니 수줍게 웃으며 고개를 끄덕였다. 가족들과 여행 온 듯한, 분홍색 아오자이를 입고 있던 예쁜 소녀. 외국인 관광객에게 모자를 찾아주고 싶은 소녀의 마음이 참 순수하고 고마웠다. 다낭에서의 추억을 생각하

19 조각에서, 평평한 면에 글자나 그림 따위를 도드라지게 새기는 일

면 이 소녀가 바로 떠오른다. 소녀가 입고 있던 수수한 분홍색 아오자이가 눈에 선하다.

　참 박물관을 나오니 다낭의 한강이 바로 눈앞에 펼쳐졌다. 주말 밤이면 입에서 물을 뿜는다는 용다리도 보였다. 이곳으로 오니 한국인은 한 명도 없고 현지인들만 잔뜩 있다. 현지인들 틈에서 한강을 배경으로 분위기를 마음껏 느꼈다. 다낭은 내 마음을 편하게 해주는 도시였다.

　용다리를 한번 건너볼까. 용다리 건너에는 어떤 신기한 것들이 있을까. 호기심이 발동한 나는 가족들과 무작정 다리를 건넜다. 다리를 건너는 사람들도 제법 많았는데 모두 다 현지인들이었다. 나들이 나온 현지인들과

다낭의 상징 용다리, 주말이면 용다리 주변에서 불꽃놀이를 한다.

같은 공간에서 같은 공기를 마시며 마음껏 한강을 느끼던 중, 바로 맞은편에 화려한 네온사인 간판이 달린 장소가 눈에 띄었다. 알고 보니 이곳은 유명한 야시장이었다. 구글 지도를 검색해 보니 선짜 야시장^{Chợ Đêm Sơn Trà}이란다. 아! 여행지에서 얻어걸리는 이 기쁨! 하노이 기찻길 벽화 다음으로 야시장이 운 좋게 얻어걸렸다.

여러 재미난 가게들이 많았다. 액세서리 가게에서 팔찌와 시나모롤 머리끈, 폼폼푸린 머리끈도 구매했다. 이제 아주머니 나이인 나는 이럴 때 마냥 소녀가 된다. 귀여운 것을 아직도 좋아하면서도 막상 사려면 내 나이에 안 어울릴 것 같아서 고민하는 나. 여기서는 호기롭게 순전히 내 몫의 귀염 둥둥 머리끈과 팔찌를 구매했다. 야시장에서 판매하는 노점 쌀국수와 망고주스로 저녁도 해결했다.

나오는 길에 과일 장수가 여럿 서 있었다. 한 번도 접해보지 못한 마성의 두리안! 이게 냄새가 고약할 뿐이지 굉장히 영양가 높고 맛있다는데……. 한 통으로만 팔겠다는 주인아저씨에게 애원하다시피 해서 한 조각만 구매해 보았다. 그리고 우리의 사랑인 망고와 망고스틴도 구매했다. 두리안의 맛은? 생각보다는 달고 크림 비슷한 질감이 있다. 하지만 다시 도전하려면 크나큰 용기가 필요할 듯하다. 일단 두리안에 대한 감상을 공유하며 같이 나눠 먹을 사람이 필요하다. 혼자서는 절대 못 먹겠다.

신나게 구경하고 다낭에서 호이안의 호텔로 건너왔다. 다낭-호이안 6박

일정 중 3박을 책임져 줄 자그마한 호텔이다. 오늘도 저녁 늦게 들어왔구나. 나는 여행할 때 항상 숙소에 늦게 들어가게 되는 것 같다. 그만큼 조금이라도 더 보고, 즐기고 싶다!

선짜 야시장의 활기찬 모습

나에게 주는 선물

오늘의 돈 💵

Grab (숙소-)국내선 공항) : **35.5만 동**

식당 (NHÀ BẾP CHỢ HÀN) : **57.1만 동**

한시장 (Chợ Hàn) : 농 라 **4만 동**

환전 : 25만 원*18.3=**458만 동**

기념품 (Central market) : **21.9만 동**

참 박물관 : 입장료 **17만 동**

액세서리 : **13만 동**

식사 (Chợ Đêm Sơn Trà) : **34.5만 동**

과일 : **25만 동**

차 렌트비 : **35만 동**

총 243만 동 (약 13.5만 원) 지출

통상적으로 차량을 렌트한다 하면 차만 빌리는 것을 뜻한다. 특이하게도 베트남 다낭에서는 렌트비에 기사님이 포함되어 있다.[20] 내가 가고 싶은 목적지와 대략적인 이용 시간을 제시한 뒤, 기사님이 운전해 주는 차를 타는 것이다. 물론 그랩을 이용해서 이동해도 된다. 하지만 다낭에 도착한 당일이거나 떠나는 날에는 많은 짐이 있으므로, 음식점이나 명소를 들를 경우, 그랩을 이용하기에는 불편한 점이 있다. 그래서 기사님이 딸린 차량을 빌리면 편하다. 또 여행하면서 구매하게 되는 기념품, 식료품의 무게가 만만치 않은데 이것도 렌터카에 싣고 이동하니 정말 좋다.

실제로 나는 한국에서 미리 연락한 기사님을 통해 편리하게 이동했다. 처음 다낭 국내선 공항에서 만나 우리의 캐리어를 실어 둔 채로 점심 식당에 내렸었고, 마음껏 구경하고 야시장 입구에서 다시 만나서 호이안의 숙소로 이동했다. 기사님은 어딘가에서 대기하고 있다가 나와 약속한 시각에 다시 그 장소로 와서 나를 태우고 이동시켜 주는 것이다. 처음에는 '우리의 짐을 처음 보는 기사의 차에 실어 두고 몸만 내려도 되나?' 하는 생각에 안심이 되질 않았고 다른 관광객들은 어떻게 하는지 궁금했다. '그 기사가 우리의 짐을 훔쳐 달아나 버리면 어떻게 하지?'라는 의심도 많이 했다. 음. 몇 번 렌트 차량을 이용해 본 결과 기사님을 믿고 캐리어 등을 보관한 채로 내려도 될 듯하다.

렌트하는 방법으로는 일단 그랩을 호출하여 그랩 기사님과 즉흥적으로 의견을 나눠서 결정하는 경우, 나처럼 한국에서부터 미리 기사님과 일정을 조율하는 경우, 다낭에 있는 한국 렌터카 업체를 이용하는 경우 등이 있다. 모든 경우에 있어서 가장 중요한 것은 나랑 잘 맞는 기사님을 만나는 것이다. 나는 다낭에 도착한 첫날에는 꽤 저렴한 가격에 렌트를 했다. 하지

---

20 베트남의 다낭을 비롯한 동남아시아의 여러 지역에서는 기사님이 딸린 차량을 저렴한 가격에 렌트할 수 있다.

만 이 기사님이 바나힐 일정이 있는 날은 동선이 멀다고 비용을 아주 비싸게 부르셨다. 그 기사님의 영업 전략이었을까? 바나힐에 머무르는 시간이 워낙에 길었던지라 어쩔 수 없이 비싼 가격에 이용했지만, 결론적으로는 만족했다.

DAY 7

알록달록 코코넛 바구니 배

어젯밤 다낭에서의 재미있었던 일정을 마치고 늦게 도착한 호텔. 우리 호텔은 주로 서양인 어르신들이 묵는 호텔이었다. 우리가 간 기간에만 그런지는 모르겠으나, 내가 묵는 기간에는 한국인은 한 팀도 못 봤다. 어제 하노이에서 다낭행 국내선을 같이 탔던 서양인 할머니 할아버지들이 다 여기로 오셨나?

여전히 눈은 일찍 떠지고….

피곤했음에도 불구하고 어제 잠을 좀 설쳤다. 호텔 바로 옆의 식당인지 주택인지 모를 그곳에서 밤늦게까지 노래하고 떠들어댔기 때문. 베트남에서는 크게 노래 부르고 신나게 노는 것에 대한 제재가 별로 없는 듯하다. 우리나라 같으면 소음으로 신고할 정도로 시끄러운 탓에 잠이 쉽사리 들지 않더라. 하지만 어쩌겠는가. 저들은 박힌 돌이고 나는 굴러온 돌이므로 익숙해져야겠지. 다행히 하루 만에 익숙해져서 다음날부터는 잘 잤다.

새벽에 일어나 혼자 해 보고 싶은 것이 있었다. 바로 아침 산책. 새벽 다섯 시에 눈이 떠졌다. 한국 시각으로 아침 일곱 시다. 새벽 5시 30분쯤 되었을까. 아직 어두운 시간이었지만 호텔 밖으로 걸어 나가 보았다. 베트남 사람들은 참 부지런하기도 하지. 진짜 이른 시간인데 서서히 아침을 시작하는 게 보였다. 한데, 이렇게나 고요할 수 있을까? 어제 잠들 땐 분명 흥겨운 노랫소리가 계속 들렸는데 지금은 쥐 죽은 듯 조용하다. 호텔을 중심으로 주변 마을을 걸어 다녔다.

지금 생각해 보니 참 무모했던 행동이다. 아무리 궁금하다고 해도 그렇지 생판 모르는 동네를 새벽에 어슬렁거리다니. 물론 남편과 같이 산책했다면 이야기가 달라졌겠지만. 칠흑같이 어두운 동네를 산책했던 것은 아무래도 좀 위험하지 않았나 싶다. 게다가 어두운 골목을 지날 때 급하게 안으로 숨어드는, 쥐로 추정되는 커다란 검은 물체를 보기도 해서 조금 무서웠다. 아침 산책을 하고 싶다면 조금이라도 빛이 있을 때 하자!

관광지답게 길가의 거의 모든 집은 작은 식당을 운영하는 듯 보였다. 점점 동이 틀 무렵, 이번에도 또 하나 얻어걸렸다. 바로 현지인 시장이다. 작은 시장에는 새벽 여섯 시인데도 사람들이 몰려있었고 나도 역시 그들 속에서 시장을 구경했다. 바로 옆에 거주하는 주민들이 과일, 채소, 고기 등을 조금씩 사가더라. 소박하게 망고 한 개, 귤 한 개 이런 식으로 말이다. 나는 장 볼 때만큼은 손이 매우 크다. 그래서 항상 우리 가족이 먹을 수 있는 양보다 두 배는 많이 사곤 한다. 하지만 이번에는 지갑을 가지고 오지 않아서 과일을 구매할 수 없었다. 내일 다시 한번 와서 망고를 사 봐야겠다.

호이안의 많은 호텔의 외관이 그렇지만 이 호텔 역시 노랑 노랑 하면서도 오리엔탈스러운 멋이 있었다. 투숙객이 아주 많지 않은 중소형 호텔이라 그런지 호텔 안은 언제나 조용했다. 항상 조식당에는 우리를 포함해서 서너 팀 정도의 이용객이 있었다. 가짓수가 많지는 않으나 메뉴가 알차게 구성되어 있어 풍족한 아침 식사를 할 수 있어서 좋았다. 음식 하나하나 음미하며 감사하게 아침을 먹었더랬다. 날마다 바뀌는 국수도 맛있었고 오븐에 구워 먹는 크루아상도 바삭했다.

무엇보다도 이 조식당의 묘미는 카페 쓰어 다. 이 커피는 베트남에 방문했다면 꼭 맛봐야 하는 연유 커피로 지금까지 여행하는 동안 단 한 번도 먹어보지 못했다. 나는 이곳에서 매일 아침 카페 쓰어 다를 한 잔씩 만들어 먹었는데 그 맛을 잊을 수 없다. 진한 에스프레소에 본인의 스타일대로 연유를 붓고 거기다 아이스 큐브를 잔뜩 넣어 먹으면? 더운 날씨에 이만한 게 없다. 아침에 먹는 카페 쓰어 다는 나를 세상에서 가장 행복한 사람으로 만들어 주었다! 또 커피를 아침 일찍 먹고 나서 충분한 활동을 했기 때문에 그날 수면에는 전혀 지장 없었다. 나는 하노이에서 오후 늦게 에그 커피를 마시고 잠을 못 잤던, 카페인에 매우 민감한 사람이라 커피를 마시는 시간은 나에게 있어서 매우 중요하다. 아직도 그 맛이 내 혀끝에서 느껴지는 듯한데. 카페 쓰어 다를 먹기 위해서라도 호이안은 재방문해야 할 듯하다. 내 인생에서 맛본 가장 맛있는 커피!

호이안의 작은 호텔에서 딸과 아들

첫 일정은 코코넛 마을에서의 바구니 배 타기와 쿠킹 클래스다. 바구니 배는 호이안을 대표하는 배로 예전이나 지금이나 바구니 배를 타고 나가 고기를 잡는단다. 프랑스 식민지 시절, 프랑스군이 이 배에 세금을 매기려 하자, 베트남 사람들이 '이건 배가 아니라 바구니다!' 해서 바구니 배라는 명칭이 붙었다고 한다. 둥글둥글한 게 꼭 라탄 바구니 같이 생겼고 겉은 매우 단단하다. 여러 색의 바구니 배들이 우리의 눈을 어찌나 즐겁게 하던지.

가족사진 하나는 건지고 싶어서 옆에 가던 바구니 배의 한국 여성분에게 핸드폰을 주며 사진을 부탁했다. 이건 꽤 위험한 행동이었던 것 같다. 여성분이 우리의 사진을 찍어주자마자 두 바구니 배의 사이는 점점 멀어지고 한참 뒤에서야 핸드폰을 되돌려 받을 수 있었다. 만약 돌려받을 때 누군가 핸드폰을 놓쳐 흙탕물 강에 빠지기라도 한다면? 으악, 생각만 해도 아찔하다. 또 무모한 짓을 했구나. 그 아찔한 나의 행동을 받아주신 한국인 여성분! 지금 이 자리를 빌려서 감사의 인사를 드립니다. 그리고 미안해요. 아이에게 '이모가 사진 찍어주시는 거야.'라고 설명해서요. 젊은 여성한테 '언니' 말고 '이모'라는 호칭을 써서 기분이 안 좋았을 수도 있겠어요. 아줌마다 보니 아이들 위주로 호칭을 썼네요.

바구니 배 위에서 우리 가족

바구니 배는 며칠 전 경험했던 짱안에서의 나룻배와는 또 다른 매력이 있었다. 하지만 짱안의 나룻배가 할머니 한 분이 수공으로 노를 저어 앞으로 나아갔던 것처럼 바구니 배 역시 마찬가지여서 마음이 좀 아팠다. 특히 우리가 탄 배의 사공은 70세는 족히 되어 보이는 할머니셨다. 나룻배는 양쪽으로 노를 저어가니 힘들어도 그나마 나을 것 같은데 바구니 배는 노 한 개로 저어 앞으로 나아가야 한다. 그래도 내공이 쌓이셨는지 사공까지 합해 총 5명이 탄 바구니 배를 꽤 적당한 속도로 노를 저어 나가셨다. 중간쯤 갔을까. 관광객들이 탄 바구니 배들이 일제히 멈춰 섰다. 그러더니 한가운데 있던 바구니 배가 쇼를 시작했다. 신나는 트로트 음악 속에 바구니 배가 빙글빙글 돌았다. 얼마나 빨리 도는지……. 이번에는 관광객을 태운 채로 돌리기 시작했다. 이제 나도 나이가 들었는지 그 모습을 보는 것까지는 즐거운데 내가 탄 배가 그렇게 도는 것은 생각만 해도 머리가 어질어질하다. 우리 배를 담당한 할머니께서도 배를 돌리려고 하셨지만, 손사래를 치며 거절했다.

조금 더 가자 여러 대의 바구니 배가 몰려있는 곳이 나타났다. 알록달록한 바구니 배에서 무지갯빛 그물을 던져 어망을 치는 듯한 쇼도 하고, 중앙 무대로 관광객을 하나둘 불러 보아 한국 트로트 음악에 맞춰 다 같이 춤도 췄다. 그러고 나서 맨 마지막에 하는 것은? 역시나 팁 요구다. 쇼에 참여한 관광객의 바구니 배로 노를 들이밀면 그 관광객이 노 위에 팁을 얹어 주는 진귀한 광경을 볼 수 있었다. 이곳 코코넛 마을에 거주하는 주민의 수입은 99% 이상이 관광객에게서 나오는 돈이라고 하니 그럴 만도 하다. 나는 알록달록한 색깔의 바구니 배를 타는 경험이 신선하고 재미있었다.

쿠킹 클래스를 신청한 사람들은 배 타기가 끝난 후 바로 옆으로 이동하여 수업을 받을 수 있게 되어 있다. 우리가 첫 클래스였는지 사람이 아무도 없이 깨끗했다. 뭐든지 첫 타임으로 경험하는 게 제일 좋은 것 같다. 음식점도 첫 손님으로, 수업도 첫 학생으로, 공연도 첫 타임으로 가면 준비시간이 여유로워서 좋다. 나는 번잡한 것을 별로 좋아하지 않아서인지 다른 사람들이 오기 전까지 여유롭게 기다리는 시간도 좋았다.

우리 가족 네 명과 활기 발랄한 한국의 여대생 세 명이 한 팀이 되어 클래스가 진행되었다. 서른다섯 살의, 한 가정의 가장인 젊은 셰프님이 우리 쿠킹 클래스의 선생님이셨는데 수업 시간 내내 그의 활기찬 모습을 볼 수 있었다. 적절히 한국 농담도 섞어서 할 줄 알고.

반쎄오, 짜조, 분짜 등의 베트남 전통 음식을 같이 만들어 보았다. 아이들도 안전한 선 안에서 조리도구들을 만질 수 있어서 유익한 시간이었다. 중간에 둘째 아이가 진짜 칼로 채소를 자르는 게 위험해 보여서 내가 도와주려다 내 손을 실제로 조금 벤 것 빼고는 말이다.

같이 수업을 들었던 여대생들의 리액션이 어찌나 좋던지. 쉐프가 무슨 말을 해도 까르르 까르르. 최고라며 엄지척도 여러 번 해주고 박수를 신나게 쳐주어 자칫 어색할 수 있었던 분위기가 금방 화기애애해졌다. 역시 젊음은 싱그럽다. 쉐프가 그들한테 친근감의 표시로 누나라고 불렀었는데 그것에만 리액션이 없었고 나머지는 리액션 폭발이었다.

우리 친정엄마는 한식 기능 조리사 자격증 소지자답게 이 수업의 꽃, 엘리트였다. 엄마가 만들어 내신 토마토 장미는 쉐프가 만들어 낸 장미만큼이나 정교하고 멋졌다. 그 와중에 쉐프는 우리 엄마보고 큰 누나, 큰 누나 해댔다. 엄마는 왠지 엄청나게 좋아하시는 것 같았다.

요리 수업이 끝나고 우리가 만든 음식들을 먹을 수가 있었다. 오전 바구니 배 일정으로 심각하게 배가 고팠던 우리는 그 자리에서 하나도 남기지 않은 채 모조리 다 먹었다.

한국에서도 쿠키 만들기, 떡 만들기 등의 작은 쿠킹 클래스에 참여해 본

적이 몇 번 있었지만, 이번 경험은 우리 아이들에게 좀 더 특별했다. 확 트인 야외에서 쉐프처럼 앞치마를 두른 채 진짜 칼을 가지고 채소를 다듬어 보고 직접 불을 본 경험은 처음이었을 테니 말이다. 여기까지는 내가 느낀 감정이고. 재료 준비 과정이 끝나자 나의 둘째 아이는 그때부터 정신력을 잃어서 쿠킹 클래스에 집중하지 못하고 계속 배고프다고 하며 밥 언제 먹을 거냐고 했다. 급기야 아들은 홀로 멀찍이 떨어져서 줄넘기하기까지. 하하하. 못 말린다, 정말.

쿠킹 클래스에서 우리 가족이 만든 베트남 음식들

수업 시간 내내 활기찼던 쉐프는 수업이 끝나자마자 자신의 상황을 하소연했는데 쉐프 세 명이서 하루에 70팀을 상대한단다…. 열일곱 시간 이상을 쉼 없이 일한다고 했다. 나 역시 일하는 사람인지라 그 마음을 알 것 같아서 마음이 짠했다. 아이가 두 명이나 있는 서른다섯 살의, 나보다 어린 쉐프. 아이들 먹여 살리겠다고 이렇게 열심히 일하다니. 이 사람의 삶에 대한 의지 역시 대단하구나. 사실, 베트남 어린이들을 만나면 주려고 한국 간식을 예쁘게 포장해서 가지고 갔었다. 나는 간절한 마음으로 그에게 간식 꾸러미를 선물했다. 부디, 그의 아이들이 나의 작은 선물을 받고 행복해했길.

기대 이상의 재미가 있었던 쿠킹 클래스 수업을 마치고 호이안 올드타운으로 가는 길은 청정 그 자체였다. 선명한 초록색의 논 뷰. 시력이 저절로 좋아지는 느낌이라고나 할까.

호이안은 강이랑 인접해 있어 예전부터 중요한 무역항의 역할을 했다고 한다. 중국과 일본 상인들이 여기에서 많이 살았단다. 그래서인지 건물의 형태가 베트남, 프랑스, 중국, 그리고 일본 스타일이 복합적으로 섞여진 것이 많다. 예를 들면 겉모습은 프랑스 식민 시절의 콜로니얼 양식인데 집 안으로 들어가 보면 장식은 중국풍으로 되어 있고 천장의 대들보는 일본풍으로 마감이 되어 있는 식이다. 아기자기한 예쁜 건물들이 옹기종기 정답게 모여 있는 모습이 아름다웠다. 관광객은 무척이나 많았지만, 그것으로 인해 위압감을 받기에는 이 거리의 감성이 나에게 주는 마음의 평화가 압도적으로 컸다.

아트 갤러리 입구

올드타운에서 무료로 볼 수 있는 아트 갤러리를 두 곳 방문해 보았다. 수줍게 미소 짓고 있는 여성들의 사진이 전시되어 있어서 하노이 여성박물관과 연계지어 관람해 볼 수 있었다. 아트 갤러리 바로 옆, 개인 작업실로 들어가는 문은 정말 아름다웠다. 노란 건물의 파란 대문. 보기만 해도 마음이 힐링 됐다. 지나가는 길에 호이안의 오래된 우물도 보고, 대나무 뿌리로 만든 작품도 봤다. 하노이에서 봤던 작품들을 여기서 다시 보니 더욱 반가웠다.

올드타운의 길이 어찌나 예쁘던지. 하루 전까지만 해도 하노이와 사랑에 빠졌던 나는 이번에는 호이안과 사랑에 빠져버렸다. 알록달록 예쁜 등이 거리마다 달려 있었고, 세계 각국에서 모인 여행자들이 걸어 다니고 있었다. '나 여행 왔소!'를 직접 실감할 수 있는 동네였다. 보통 그 여행지를 가보지 않고서는 그 매력을 속속들이 다 알 수 없다고 하는데 나에게는 이곳이 바로 그런 곳이었다. 호이안에 방문하기 전에는 이곳의 매력을 단 1%도 알 수 없다. 그 어떤 사진이나 영상도 직접 보는 호이안의 모습을 담을 수 없다고 생각한다. 호이안은 유명한 고택이나 박물관에 들어가 구경하지 않더라도, 그저 호이안의 거리를 두 발로 누리는 것만으로도 행복을 주는 곳이다.

나는 많은 곳을 여행해 보았고 갈 때마다 여행지 나름의 매력을 각각 느꼈다. 내가 갔던 도시 중에서 독일의 베를린, 말레이시아의 페낭, 스페인의 바르셀로나, 이탈리아의 아말피, 미국의 뉴욕은 기대 이상으로 멋진 매력을 가진 도시들이었다. 이들은 '꼭 다시 와야지!' 하고 다짐하게 만드는 도시였는데 호이안은 특히 그런 생각이 들게 하는 곳이었다. 많은 생각을 하게 한 곳이었고, 또 아이러니하게도 아무런 생각이 들지 않게 하는 곳이었다. '이렇게 나는 여행으로 힐링을 하는 사람이구나.' 하고 다시금 느꼈다.

쨍한 햇빛 아래에서 올드타운을 구경했던지라 무척 더웠다. 숙소에 도착하자마자 우리가 간 곳은 수영장. 해가 지고 있는 시각에 온 터라 물이 굉장히 차가웠다. 두피까지 얼 정도로 차가웠지만, 한낮 더위에 몸이 익는 중이었던 나와 아이들은 첨벙첨벙 물장구치며 재미있게 놀았다.

오늘의 돈 💵

- -

코코넛 마을 바구니 배+쿠킹 클래스 : 75만 동
마트 : 3.3만 동
간식 : 아이스크림 11.4만 동
기념품 : 20만 동
총 109.7만 동 (약 6만 원) 지출

이렇게 아름다운 호이안 올드타운을 구경하던 중 찾아오지 않아야 할 불청객이 찾아와버렸다. 지난번 말레이시아에서도 그랬는데 물갈이가 시작된 것이다. 이 녀석은 하노이에서부터 내 배 안에서 꿈틀꿈틀하더니만 호이안 올드타운 구경 첫날에 불쑥 나타나 버렸다. 심한 설사는 아니었고 그저 하루에 화장실 몇 번 더 가는 정도. 그래도 하루 한 번 규칙적으로 가다가 하루 서너 번을 더 활동하려니 에너지 소실이 컸다. 우리 친정엄마는 심한 설사에 걸려서 고생하셨다. 아무래도 물이 바뀌다 보니 그런 것 같았다. 하지만 음식이나 물을 안 먹을 수도 없고 참 애매한 문제였다. 결국, 엄마는 내가 챙겨 온 비상용 설사약을 복용하셨고 안 하루 만에 좋아지셨다. 나는 약을 먹을 정도는 아니었지만, 신호가 자주 왔다는 게 문제였다. 하지만 괜히 지사제를 복용했다가 더 심각한 상황이 될 수도 있어 굳이 복용하지는 않았다.

올드타운을 신나게 구경하고 모두 더위에 지쳐 있을 무렵, 아이들과 캐릭터 아이스크림 가게로 들어갔더니 주인이 없다. 아이고, 어서 주문해주고 화장실을 찾아 떠나야 하는데 주인이 감감무소식이다. 하는 수 없이 엄마게 아이들을 잠시 부탁드리고 나는 근처 화장실을 찾아 떠났다. 지도를 검색해 보았지만 그럴싸한 화장실이 나타나지 않았다. 베트남에서는 공영 화장실보다는 근처의 호텔 화장실을 가는 게 훨씬 쾌적하고 좋다. 그런데 호텔이 꽤 머네. 참고 또 참으며 그나마 가까운 호텔을 찾아 들어가 그 불청객을 조심히 보내드렸다. 여행지에 갈 때는 비상 설사약 몇 봉은 챙겨 갈 것! 가벼운 듯했으나 절대 가볍지 않았던 물갈이로 이번 여행에서는 살이 빠져서 돌아왔다는 아주 기쁘고 행복한 소식이다.

 Tip

---

픽드랍 서비스를 야무지게 이용해 보자!

다낭, 호이안에 있는 숙소에서는 명소까지 셔틀버스를 운행하는 경우가 많다. 예를 들어 우리 호텔에서는 호이안 올드타운으로 가는 버스가 아침에 한 번, 반대로 호텔로 돌아오는 버스가 오후에 한 번 있어서 시간이 맞으면 이 버스를 타곤 했다. 조금 규모가 큰 호텔들은 안방 비치나 다낭 시내, 다낭 국제공항까지도 무료 셔틀버스를 운행하니 야무지게 이용해 보자!

또 마사지 샵이 활성화되어 있는 다낭-호이안에서는 샵에서도 픽업 서비스가 있는 경우가 많다. 다낭이나 호이안을 구경하고 공항으로 갈 때나 숙소를 옮겨야 할 때 이용하면 택시비를 아낄 수 있어서 좋다. 나 역시 이렇게 돈을 좀 아껴보려고 머리를 굴려 보았지만, 아이들이 있기도 하고 짐이 많아서 결국 실행에 옮기지는 못했다. 다시 간다면 이 서비스를 적극적으로 활용해 봐야지.

올드타운의 아름다운 거리

내 인생 최악의 마사지

꼬꼬댁~

새벽이면 울리는 닭 소리. 혹자는 이 소리가 너무 시끄러웠다고 하지만 나는 이 자연의 소리가 좋았다. 핸드폰 알람 말고 자연 속의 닭이 나를 깨워 준다니 얼마나 행복한 기상인가.

어김없이 새벽 여섯 시 전에 눈이 떠졌다. 어제 호텔로 돌아오는 길에 생각해 둔 게 있다. 바로 새벽에 자전거 타기다.

호이안의 거의 모든 숙소에서는 여러 대의 자전거를 비치해 놓고 숙박객들에게 빌려준다. 그 말은 호이안이 자전거 타기 참 좋은 곳이라는 뜻이다. 새벽 5시 50분쯤 되었으려나. 어둠이 사라지기 시작할 무렵, 나는 호텔에서 자전거를 빌려 주변을 탐색하기 시작했다. 어휴, 오랜만에 자전거를 탔더니 중심을 제대로 못 잡아서 자전거가 흔들흔들했다. 어렸을 때는 자전거 타기를 아주 좋아해서 학교만 끝나면 자전거를 타고 우리 동네를 신나게 돌아다녔다. 하지만 초등학교 때 이후로 자전거를 탄 적은 거의 없다. 거기다 호텔에서 빌린 자전거 안장의 높이가 높아서 땅에 발을 딛고 싶어도 잘 닿질 않았다. 서양인을 위주로 제작된 자전거인 듯하다. 불안하지만 옛 기억을 되살려 용기를 가지고 출발!

새벽시장의 과일가게

어제 산책하면서 대충 길을 파악해 두었기 때문에 마을을 지나 바로 새벽시장으로 갔다. 어제 나랑 눈인사했었던 과일가게 아주머니가 나를 금세 알아봐 주셨다. 감사하다. 스쳐 가듯 한 번 봤는데 기억해 주시고. 내가 경험해 보고 싶은 과일이 몇 개 있었는데 그게 바로 용안과 석가다. 용의 눈처럼 생겼다고 해서 용안, 그리고 석가모니의 머리처럼 생겼다고 해서 석가. 슈가애플이라고도 한단다. 망고와 석가, 용안을 조금씩 사고 흥정해 보려고 하자 아주머니는 내가 외국인이라 그런지 절대 깎아주질 않았다. 그렇게 시세보다 비싸게 구매하게 된 과일들을 자전거 앞 바구니에 넣고 호텔로 돌아왔다. 용안은 나무색 포도알이 나뭇가지에 달린 듯한 외관으로 리치와 매우 흡사한 맛이었다. 석가는 숙성이 굉장히 중요한 것 같다. 검은빛이 돌기 전 말랑말랑할 때 까먹으면 천상의 맛이 나지만 시간이 지나면 껍질까지 너무 물러져 버려서 모래알을 씹는 듯한 맛이 난다고나 할까. 석가의 과육 안에는 바둑알 같은 검은 씨가 촘촘하게 들어있는데 먹으면서 씨를 뱉어내는 재미가 있었다. 세상에는 참 신기한 과일이 많다. 하지만 안타깝게도 용안과 석가는 우리가 먹기에 양이 많아서 다 못 먹고 결국에는 버려진 비운의 과일이다.

역시나 맛난 조식과 카페 쓰어 다를 먹고 난 후 아이들과 근처의 비치클럽으로 놀러 가기로 했다. 이렇게 하루 반나절 정도는 잠시 쉬어가는 것도 좋다. 나를 위해서가 아니라 우리 아이들을 위해서다. 나는 여행만 가면 강철 체력이 되는 희한한 체질이기 때문에 휴식은 그리 필요 없지만 그렇게 되면 주변 가족들이 힘들어한다. 그래서 휴식이 꼭 필요하다. 이 호텔은 수영장이 그리 크지 않아서 근처의 비치클럽과 연계해 그곳을 이용할 수 있도록 해준다.

수영복을 입고 신나게 뛰어가는 아이들. 그 모습을 보고 있자니, 절로 웃음이 나왔다. 마냥 해맑고 순수한 우리 아이들이다. 각종 미디어나 영상에

노출되지 않아서 더욱 그렇다. 길을 지나가다 신기한 벌레나 식물을 발견하기라도 하면 멈춰 서서 홀린 듯 관찰한다. 가끔가다 정말 얼토당토않은 순진한 말을 할 때가 있는데 그 모습마저 사랑스럽다. 이렇게 순수하고 해맑은 모습 그대로 커 주었으면……

아무도 없는 비치클럽의 수영장은 자유 그 자체였다. 나와 친정엄마는 해변을 배경으로 사진을 찍으면서 자유시간을 누렸고, 우리 아이들은 아이들대로 넓은 수영장을 전세 내어 그들만의 자유시간을 누렸다. 한참 뒤 서양인 할아버지가 한 분 오셨다.

"I think your kids will sleep well tonight!"

(이 아이들 오늘 밤에 아주 잘 자겠어요!)

아무렴요. 물고기처럼 이리저리 왔다 갔다를 얼마나 했는데요. 아마 푹 자고 건강히 잘 클 겁니다. 그는 미국에서 은퇴한 후 호이안살이 중이라고 했다. 다른 가족이 있는지 없는지 정확한 사정은 모르겠지만 혼자 지내는 듯했다. 미국에서는 호이안이 열 시간도 더 걸릴 텐데 타국에서 혼자만의 여생을 보내고 있다니 참 대단하다. 잠시 후 그는 이곳에서 사귄 듯한 비슷한 연령대의 친구들과 평화로운 아침의 일상을 즐겼다. 호이안에서는 이렇게 은퇴 후 휴양하며 사는 서양인들이 여럿 보였다. 어르신들이 각각 그들만의 방식으로 머물면서 노후를 만들어가는 모습이 용기 있어 보이더라.

오전 수영을 마치고 아이들은 방에서 각자 학습지를 풀고 있기로 하고 엄마와 나는 베트남에서의 첫 마사지를 받으러 호텔에 딸린 스파로 갔다. 감개무량하다! 8일 차에 첫 마사지라니! 누구는 1일 1 마사지 한다는데 나는 아이들을 케어하면서 여행하느라 마사지를 받을 짬이 잘 나질 않는다. 그런 까닭에 첫 마사지도 호텔 내에 있는 스파로 예약한 것이다.

분명 오후 한 시에 마사지 예약을 해두었고 시간에 딱 맞춰 들어갔다. 실은 혹시라도 늦을까 봐 마음이 조마조마했다. 보통은 적어도 10분 전에는 도착해야 마음이 불안하지 않은데 준비하다 보니 너무 딱 맞게 왔다. 그런데 어쩨 분위기가 싸하다. 마사지를 예약해 준 매니저만 있고 정작 마사지사는 보이질 않았다.

조금 지나니 어떤 여성이 방금 출근한 듯 사복을 입은 채로 핸드백을 메고 들어왔다. 뭐야. 마사지가 한 시인데 한 시 넘어서 출근하기 있나? 이때부터 뭔가 잘못된 것 같다는 예상을 했어야만 했다. 나는 '이것도 뭐든지 여유롭게 진행되는 동남아 스타일이니 이 순간을 즐기자.'라고 생각했다. 지각한 여성과 매니저가 족욕을 준비해 줘서 몇 분 동안 족욕을 즐기다가 마사지실로 이동했다. 지각한 여성 마사지사가 우리 엄마를 담당하는 것 같고. 예약을 도와준 매니저가 나를 마사지해 주려나? 아니다. 알고 보니 내 담당 마사지사는 더 늦게 왔다. 이상하게 이 여자는 유니폼을 입고 있네? 이 호텔은 소형이라 한 사람이 마사지, 조식당, 청소 등 여러 일을 담당하나?

아……. 마사지를 받는 시간이 아까울 만큼 인생 최악의 마사지를 경험했다. 마사지는 지속성이 느껴져야 하는데 뭔가 쉬는 틈이 있고, 마사지를 하는 둥 마는 둥 하는 느낌이 들었으며 급기야는 내 침대를 두드리는 듯한 느낌을 받았다. 얼굴이 수건으로 덮여 있었던지라 '이걸 봐 말아?' 이런 생각이 계속 들었는데 자꾸 자판 같은 것을 두드리는 듯한 진동이 느껴졌다. 나는 얼굴 수건을 확 열고 "에어컨을 꺼 줄 수 있겠니?"라고 말하며 그녀를 쳐다보았다. 그랬더니 글쎄! 예상대로 내 침대 위에는 그녀의 핸드폰이 있었고 그 화면 너머로는 여러 메시지가 보였다. 그녀가 본업을 잊고 다른 행동을 한 것이 나에게 그대로 발각되어 버린 것이다. 한두 번 느낀 게 아니고 마사지 시간 내내 지속해서 느껴졌던지라, '나에게 이렇게 대놓고 발각되었으니 이젠 멈추겠지.' 했다. 속으로는 부글부글하면서. 다행히 더는 핸드폰은 두드리지 않는 듯하였으나 자꾸 마사지를 했다 말았다 하는 것 같다. 다시 한번 얼굴의 수건을 열어서 보니 이번엔 본인의 손톱 감상 중이다. 한 손으로는 내 다리를 성의 없이 문지르고 있고 다른 한 손은 치켜들고 아주 그냥 제대로 감상 중이네.

나는 너무 화가 났지만 여기서 내가 화를 낸다면 괜히 옆에 계시는 엄마도 덩달아 불안해하실 것 같아 마사지가 모두 끝난 뒤 매니저에게 이 모든 사실을 다 전달했다. 속으로는 열불이 났지만, 감정을 가라앉힌 채 내가 할 수 있는 최대한의 영어 표현을 써 가며 말했다. 친정엄마의 마사지는 너무 약해서 마사지가 아니라 그냥 어루만지는 수준의 강도였다고. 엄마는 일단 영어를 잘하지 못하시고 불만을 이야기하는 스타일도 아니셔서 '그냥 그런가 보다.' 하고 마사지를 받으셨다고 한다. 엄마를 마사지해 주던 사람도 슬렁슬렁 핸드폰을 보면서 일했을지도 모르는 일이다.

매니저는 매우 미안해하며 왜 중간에 마사지사에게 말하지 않았느냐고 내게 물어봤다. 그 상황에서 나는 절대 말 못 한다. 같이 옆에서 마사지를 받는 엄마도 계시고 무엇보다 우리는 나체 상태여서 어떤 식으로든 해코지를 당하면 내가 피해자가 될 가능성이 크기 때문이다. 아, 지금 생각해 보니 엄마를 담당하던 마사지사의 행동도 미심쩍은지 한 번 보고, 중간에 매니저를 부를 걸 그랬다. 매니저는 다른 마사지사로 변경해서 저녁에 다시 받게 해주겠다고 했다. 아니, 나는 이 스파에서 마사지를 받고 싶은 마음이 전혀 없다고요! 몸과 마음이 편안해지는 마사지가 아니라 시간 낭비만 한 인생 최악의 마사지였다. 내가 얼마나 이 마사지 시간을 기다렸는데. 지금 생각해도 열 받는구나!

호이안에서 좋은 일들만 있었는데…. 마사지 사건으로 인해 내 기분은 완전히 망쳐 버렸다. 그래도 이 감정이 아이들과 친정엄마에게 조금이라도 전달되면 안 되지. 나는 성인이니까 이성적으로 생각하자. 기분은 나쁘지만 어쩌겠어. 잊어버려야 내가 스트레스를 안 받지. 다음날 이 불성실한 마사지사는 호텔의 조식당에서 그릇을 치우고 있었다. 잘못은 저 여자가 했는데 왜 내가 불편한 거지?

최악의 마사지 사건 이후, 호텔 옆 로컬 레스토랑에서 맛있게 점심을 먹었더니 그나마 불쾌했던 기분이 한결 낫다. 베트남 음식은 하나같이 다 맛있다. 맛이 없으려야 없을 수가 없다. 국수라는 것 자체만으로 맛나고 또 튀김이 맛이 없을 수가 없잖아? 망고주스는 또 얼마나 달콤한지. 베트남의 모든 식당은 맛집이라는 또 하나의 고정관념이 생겼다. 이런, 음식으로 내 기분이 한순간에 좋아지다니. 나란 인간은 참 단순하기도 하다. 푸짐한 늦은 점심을 먹고 난 후 오후 네 시에 올드타운으로 출발했다.

망고주스는 언제나 달콤하다

호이안의 올드타운에는 여러 아기자기한 상점, 고택, 박물관이 옹기종기 모여 있다. 가이드 북에는 통합 입장권을 사서 들어가야 한다고 명시되어 있으나 관광객이 워낙 많아서인지 따로 입장료를 내지 않고 그 길을 지나다니는 것은 허용되는 것 같았다. 하지만 이 Summer가 누구인가. 휴양지를 가도 살아있는 교육은 계속되어야 한다는 나의 신념 아래 통합 입장권을 구매했다. 이 표로 예전 중국 상인이 살던 고택, 박물관, 사원 등을 다섯 개 내로 볼 수가 있어서 어떤 곳을 구경할까, 고르는 재미도 있었다. 우리 가족은 민속 박물관Bảo tàng Văn hoá Dân gian, 전통 약 박물관Bảo tàng Nghề Y Truyền thống, 떤끼 고택Nhà cổ Tấn Ký, 바무 사원Cổng Chùa Bà Mụ, 광둥 회관Hội Quán Quảng Đông, 사후인 문화 박물관Bảo tàng Văn hóa Sa Huỳnh을 관람했다. 통합 입장권에는 다섯 개의 표가 달려 있는데 이걸 각 장소에 내면 직원이 가위로 하나하나씩 잘라낸다. 이런 아날로그 방식이 딱 내 스타일이다. 우리나라를 비롯한 전 세계의 많은 명소에서는 큐알코드나 바코드를 찍어 빠르고 편하게 들어가는 방식을 택한다. 하지만 호이안에서는 종이 티켓을 하나하나 뜯은 후 입장하는 예전 방식을 고수하고 있었다. 어떤 곳에서는 종이를 따로 뜯지 않고 무료로 관람하게 해줘서 다 보고도 표가 남았다. 이건 두었다가 다시 올드타운에 방문할 때 써 봐야겠다.

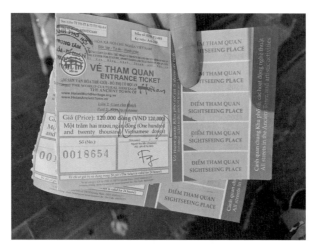

통합 입장권으로 내가 가고 싶은 다섯 개의 장소를 골라 방문할 수 있다

호이안의 이정표라는 내원교를 못 본 것은 상당히 아쉽다. 이 다리는 호이안에 정착한 일본 상인들이 1593년 만든 것으로 당시 다리를 기준으로 한쪽에는 일본 상인들이, 한쪽에는 중국 상인들이 살았다고 한다. 참 대단하기도 하지. 그 옛날에 멀리 베트남까지 와서 교역할 생각을 했다니. 그들은 모두 엄청난 부자였다고 한다. 내원교는 내가 여행한 시기에는 공사 중이었는데 모든 것을 다 해체한 상태였고 천막으로 온통 다 가려져 있었다. 가이드 북에서 내원교 사진을 봤을 때, 아치형으로 생겨서 베네치아의 리알토 다리가 단숨에 떠올랐다. 이탈리아 베네치아에는 리알토 다리가, 베트남 호이안에는 내원교가 있어 그 도시의 상징적인 역할을 하는구나. 내원교를 거닐어 볼 수 없어서 매우 아쉬웠다(3개월 후 신랑과 다시 찾은 내원교는 아직도 공사 중이었다).

제일 멋졌던 곳은 바뮤 사원이었다. 예전에는 저 뒤로 크게 사원이 있었
으려나. 지금은 앞쪽만 남아 있는 것 같은데 그 자태가 어찌나 신비로운지.
바뮤 사원이 연못에 비친 모습이 너무나도 아름다웠다. 밤이나 이른 아침
에 와서 보면 더 영롱할 것 같았다. 내가 이곳에 다시 와야 하는 이유가 자
꾸만 생긴다.

호이안이 예로부터 중요한 역할을 했었던 문화역사 지구인 만큼 통합 입
장권을 사서 여러 역사적인 장소를 관람해 보는 것도 의미가 있는 것 같다.
예전 호이안 사람들이 어떤 가옥에 살았고 어떤 생활을 했는지 조금 더 가
까이에서 느낄 수 있다.

몽환적이었던 바뮤 사원

이제 다리를 건너 안호이 섬으로 가는 길.

낮 동안 뜨거웠던 해가 점점 지고 있지만, 아직은 밝다. 투본강에서는 호이안의 명물인 소원배[21]가 관광객들을 태우고 둥둥 떠다니고 있었다. 소원을 이루어 준다는 초를 켠 등불들이 일몰과 함께 어우러져 멋진 장관을 연출했다. 나는 인스타그램을 활발히 하지는 않지만, '이곳이야말로 진정 인스타 감성이 느껴지는 곳이로구나!'라는 생각이 들었다. 수많은 인파와 함께 벅차오르는 감정을 공유하며 안호이 섬으로 건너갔다.

오늘의 마지막 일정은 베트남 여행에서 처음 해 보는 문화생활! 바로 테다쇼Teh Dar Show. 베트남의 유명한 룬 프로덕션Lune production에서 하는 공연으로 하노이, 호이안, 호찌민에서 각기 다른 공연이 진행된다. 우리가 간 시기에는 하노이를 제외하고 호이안과 호찌민에서만 공연하고 있었다. 보통 이들의 공연이 저 세 개의 대표 도시에서 진행된다는데 내가 하노이, 호이안, 호찌민을 다 가보는구나! 일정 참 잘 짰어요. 짝짝짝!

이 쇼는 베트남 사람들의 전통 노래와 춤을 접목한 서커스 식 공연으로 베트남을 방문했다면 한 번쯤 봐도 될 멋진 공연이다. 특히 공연의 완성도는 그동안 내가 봐 왔던 그 어떤 공연보다 높았다. 거의 100%라고 해도 무방할 것이다. 공연 시작부터 끝까지 모든 관람객의 시선을 사로잡았다. 이 공연은 등장인물의 동선이 굉장히 중요하다. 여러 소품을 써서 공연하므로 0.1초라도 어긋나면 동선이 다 어긋날 수밖에 없기 때문. 행여 동선이 틀어

21 등불과 함께 소원을 비는 배. 호이안의 유명한 관광코스 중 하나

질까 봐 관객인 우리도 긴장을 늦추지 않고 관람했다. 친정엄마는 물론 우리 집 귀여운 아이들까지도 모두 집중하여 재미있게 본 공연이었다. 특히 둘째 아이는 공연을 봤다 하면 잠이 드는 편인데 이번 공연을 아주 잘 봐주어서 더 뿌듯한 순간이었다고 할 수 있겠다(올드타운을 구경할 때 유모차에서 내내 낮잠을 잔 건 비밀이다). 공연자들의 몸이 어찌나 좋던지. 이 공연을 하려면 저렇게 몸을 다져야 할 것만 같았다. 테다쇼의 가격이 베트남 물가치곤 비쌌던 만큼 알차고 값진 공연이었다. 공연이 끝나면 신나는 음악과 함께 모든 공연자가 사진을 찍어주는데 그 순간 역시 감동적이었다.

감동적이었던 테다쇼를 보고 나서 공연자들과 함께

공연장 쪽을 벗어나서 강변을 걷다 보니 아까보다 소원배가 훨씬 많아졌다. 나이가 들면 감성에 젖어 산다더니. 맞는 말이다. 이런 멋진 야경이나

풍경을 보고 있노라면 나도 모르게 눈물이 글썽거려지면서 멋진 배경에 취하게 된다. 가슴 속에서 몽글몽글 피어오르는 그 감성. 다들 그럴까? 기쁘면서도 슬퍼지려 했다.

안호이 섬을 조금 둘러보려고 안으로 들어갔더니 호이안 야시장이 열리고 있었다. 동남아 여행의 매력은 뭐니 뭐니 해도 야시장이다. 엊그제 다낭에서 봤던 야시장과 비슷한 듯 달랐다. 이곳에서는 옷과 가방, 액세서리 등을 훨씬 많이 팔고 있었다. 뭔가 사지 않더라도 눈이 즐거웠다. 베트남 상인들이 한국말로 호객행위를 하는데 어쩜 이리 귀여운지. 야시장에서 과일

을 이고 다니며 파는 아주머니께서

"나는 이거 너무 무거워! 망고스틴 망고스틴~"

무려 한국말로 어찌나 귀엽게 말씀하시던지 그 무거운 무게를 조금 덜어

드리기 위해서라도 싱싱하고 알알이 큰 망고스틴을 안 살 수가 없었다.

이 사람들도 우리가 '신 짜오^{Xin chào22}' 하거나 '깜 언^{Cảm on23}' 하면 귀엽다고

생각할까?

---

22   베트남어로 '안녕하세요'라는 말
23   베트남어로 '감사합니다'라는 말

오늘의 돈

호이안 새벽시장 : 12만 동

식당 (Silk Beach Club) : 9.9만 동

식당 (Hài Hồ) : 44.5만 동

그랩 (숙소-)올드타운) : 6.5만 동

올드타운 통합 입장권 : 24만 동

기념품 : 87만 동

마트 : 물 1.5만 동

과일 : 12만 동

그랩 (올드타운-)숙소) : 6.5만 동

총 191.9만 동 (약 10.5만 원) 지출

대망의 바나힐을 가다

오늘은 숙소를 옮기는 날인 동시에 바나힐^{Ba Na Hills}을 가는 날이다.

호이안에 예쁜 호텔들이 많아서 고르고 고르다가 결국에는 두 군데의 숙소에서 묵기로 했다. 저번에 다낭에서 이용했던 렌트 차량 기사님이랑 바나힐을 같이 갔다가 새로운 숙소로 이동하는 일정으로 계획했다.

역시나 아침 일찍 일어나 자전거를 탔다. 오늘은 우리 호텔 앞으로 난 도로를 쭉 따라 가보기로 했다. 가다가 골목길로 들어가니 새벽 6시 30분부터 벌써 등교하는 아이들이 보였다. 학교 앞에는 그 아이들을 위한 아침밥 장사도 나와 있었다. 아이들은 익숙한 듯 돈을 내고 도시락을 샀다. 베트남에서는 맞벌이 가정이 많아서 아이들이 학교 앞에서 아침밥을 사 먹는 일이 상당히 있다고 한다. 학교 앞에 아예 식당이 크게 있기도 하고 도시락 노점 장사가 있는 경우도 많다. 나는 이 문화가 참 신선했다. 한편으로는 '한국에도 이런 문화가 들어와서 아침밥을 해서 먹이는 시간을 줄이면 나도 한숨 쉬고 출근할 수 있지 않을까?' 이런 생각이 들었고, 또 한편으로는 '한참 자라나는 아이들이 학교 앞 식당에서 사 먹거나 도시락을 먹으면 영양상 불균형해지지 않을까?' 하는 안쓰러운 생각도 들었다. 무엇보다 아이들이 밖에서 아침밥을 사 먹고 나서 양치질은 하려나? 역시 엄마는 엄마다. 궁금한 점도 많다. 베트남의 초등학교는 어떻게 생겼을까. 무슨 내용을 배울까. 학교에 저렇게 일찍 가는데 도대체 학교에서 몇 시간 동안 있다가 올까. 학교 끝나고 바로 집으로 갈까. 학원을 갈까(학원은 대체로 가지 않는다고 한다. 하긴, 전 세계적으로 우리나라처럼 학원을 많이 다니는 나라는 없다).

자기 몸집보다 더 큰 자전거를 타고 학교에 가는 어린이

베트남 아이들은 일찍부터 몸의 균형 감각이 발달할 것 같다. 어려서부터 부모가 태워주는 오토바이를 타니 말이다. 실제로 베트남에서는 온 가족이 하나의 오토바이를 타고 가는 모습을 많이 볼 수 있었다. 세 명, 네 명이 한 오토바이에 타려면 균형 감각이 발달할 수밖에 없겠다. 많은 아이가 스스로 자전거를 타고 등교하고 있었다. 그나저나 많은 중고생이 전동오토바이를 스스로 운전해서 가던데 스쿠터 운전면허증 같은 것도 있으려나? 어렸을 때부터 자전거든, 전동오토바이든 운전에 익숙해지다 보니 그 많은 오토바이 사이로 별 두려움 없이 안전하고 씩씩하게 잘 지나가는 듯했다.

호텔로 돌아와 정들었던 우리 호텔의 조식을 마지막으로 먹고 아침 일찍 체크아웃 후, 바나힐로 떠났다.

룰루랄라. 혹자는 '바나힐이 별로다. 볼 것 없다.' 하고, 혹자는 '다시 오고 싶을 만큼 최고였다.' 하는데, '가보지 못한 곳을 안 가고 후회하는 것보다 일단 후회하더라도 가보자!' 하는 마음으로 계획했던 바나힐이었다. 왜 어떤 사람은 바나힐을 그토록 칭찬했고, 어떤 사람은 별로였다고 했을까.

한국에서 베트남 여행을 오기 전 나를 괴롭혔던 것은 바로 일기예보였다. 우리가 다낭에 머무는 6일 내내 비 예보가 있었던 것. 다행히도 일기예보는 믿을 것이 못 되었다. 새벽에 이슬이 잠깐 내린 것 빼고는 여행 일정 내내 단 하루도 비를 만나지 않았다. 날씨 요정이 우리에게 와 준 덕분이다.

9시 30분경 도착한 바나힐 입구에는 듬성듬성 사람들이 보였다. 기나긴

에스컬레이터를 서너 번 타고 올라가니 갈림길이 나왔다. 우리는 여기서 사람들이 더 적게 가는 곳을 택했다. 왠지 사람들이 적은 곳으로 가고 싶은 느낌이랄까. 너무 붐비는 것은 싫으니까. 가기 전 그렇게 가이드 북과 지도를 보고 갔음에도 막상 그 길에 다다르니 머리가 잘 돌아가지 않았다. '사람들이 더 적게 가는 길로 가면 북적이지 않겠지.' 하는 마음으로 간 길의 끝에는 케이블카가 하나 더 있었다.

알고 보니, 사람들이 더 많이 갔던 길은 바나힐의 트레이드 마크인 골든 브릿지로 가는 길이었고 내가 택한 이 길은 곧장 바나힐로 올라가는 길이었다. 으, 길을 잘못 들었다. 가장 인기 많은 골든 브릿지를 한가한 아침에 봐야 하는데! 어쩔 수 없이 다 관광하고 내려오는 길에 들러야지.

바나힐의 면적이 워낙에 크다 보니 케이블카가 이곳저곳에 여러 개가 있다. 그래서 바나힐을 갈 때는 지도를 마스터하고 가는 게 좋겠다. '지도를 여러 번 봤는데 왜 몰랐지?' 하고 후회했다. 그러나 이것은 모르는 것이 때로는 득이 될 수 있다는 것을 아주 절실히 보여주는 상황이었다. 다낭을 못 잊어서 한국으로 돌아온 지 3개월 만에 온 가족이 다낭으로 여행을 갔는데, 오늘의 내 선택이 그렇게 나쁘지만은 않은 선택이었다는 걸 깨달았다. 거의 모든 여행자는 도착하자마자 바나힐의 골든 브릿지로 향하기 때문에 이른 오전 시간의 골든 브릿지가 훨씬 붐볐던 것.

우리가 (잘못?)탄 케이블카는 바나힐 내에서 가장 길이가 긴 케이블카였다. 대단하다. 대단해! 저 높은 산 위에 휴양지를 만든 프랑스인들도 대단하고 이렇게 긴 케이블카를 건설한 베트남인들도 대단하다. 물론 거대한 자본의 힘이겠지만 말이다. 그리 짙지 않은 안개 덕분에 왠지 산신령이 나올 것만 같은 분위기였다.

우리가 내려서 처음 발을 디딘 곳은 바나힐 내 놀이동산이었다. 이곳에는 회전목마, 회전 그네와 같이 잔잔한 놀이기구가 있었다. “바나힐에 올라가면 재미있는 놀이동산이 있대!” 하고 아이들을 꼬드겨서 올라왔는데 별 것 없네. 못 찾은 것일 테지. 잔잔한 놀이기구를 몇 번 타고 프랑스풍의 건물들을 지나 올라가니 베트남 스타일의 사원과 탑이 나온다. 신나는 놀이기구는 언제 나오냐며 입이 삐죽 나온 둘째 아이에게 “이것만 보고 가면 재미있는 기차를 탈 수 있어!” 하며 다독였다. 실은 나도 뭐가 어디에 있는지

하늘 위의 유원지, 바나힐 정상에서

하나도 모르지만 아이 앞에서는 다 아는 것처럼 행동해야 한다. 높은 사원을 올라가니 바나힐의 경치가 다 보였다. 땀이 났지만 시원한 풍경을 보고 있자니 가슴이 탁 트였다.

아름답고 예쁜 유럽풍의 건물이 우리의 눈을 즐겁게 해주었다. 꼭 우리가 유럽의 고성에 와 있는 듯한 착각이 들었다. 지도를 봐도 잘 알 수 없어서 사원에서부터 유럽풍의 건물로 이동하며 하나씩 알아보기로 했다.

가는 중에 루지가 있어서 타 보려 했는데 친정엄마는 안 타시겠단다. 어차피 아이는 보호자와 같이 타야 한다. 내가 아이들을 번갈아 가면서 한 명씩 데리고 타기로 한 후, 엄마와 첫째 아이는 바깥에 있기로 하고 둘째 아이랑 먼저 왔다. 이런, 루지의 체험 기준은 키 120cm 이상이다. 우리 첫째 아이는 키가 120cm 이상이지만 우리 둘째 아이는 아직 120cm에서 2cm가 모자란다. 그까짓 거 대충 반올림하면 120cm인데. 혹시나 해서 모르는 척하고 줄을 서 보았다. 직원이 입구에서 키를 재보더니 단호하게 거절했다. 흠, 이제 어떻게 하지? 아이가 둘 있는 집은 이럴 때 참 고민이 많다. 둘 다 기준에 들어가면 상관없는데 한 명은 탈 수 있고, 한 명은 탈 수 없는 상황일 때 애매하다. 첫째만 타면 둘째가 시무룩할 테고, 그렇다고 둘 다 안타면 첫째가 시무룩할 텐데. 나는 어쩔 수 없이 후자를 선택했다. 첫째는 이 책이 나올 때쯤 사실을 알게 되겠지. 모두의 행복을 위해서 어쩔 수 없었단다.

'지민아, 다음에 오면 루지 100번 타자!'

딸에게는 선의의 거짓말을 하기로 했다. 루지 줄이 너무 길어서 두 시간도 더 기다려야 한다고. 우리는 시간이 없으니 다음에 오자고 말이다. 마음 착한 첫째 아이는 흔쾌히 오케이 해 줬다.

그런데 이상하다. 많은 한국인의 바나힐 여행기에는 분명히 커다란 놀이동산이 등장하는데 어쩐 일인지 보이질 않는다. 우리가 본 것은 놀이기구 겨우 두 개뿐이었다. 계속해서 지도상 왼쪽으로 이동했다. 왼쪽 끝에는 가장 최근에 지어진 달의 왕국이 있었다. 이곳도 찾아가기 굉장히 어려웠다. 엄마는 다리가 아파 앉아계시고 우리끼리 두 번을 돌고 돌아 겨우 도착할 수 있었다. 이곳에서는 4D 극장 체험 두 가지를 할 수 있었다. 한 곳에서는 비행선을 타고 전 세계를 여행하는 영상을, 다른 한 곳에서는 아이들이 좋아하는 애니메이션 영상을 볼 수 있었다. 의자가 움직이고 중간중간 바람, 물이 나와서 아이들이 재미있어했다. 이곳은 상대적으로 관광객들에게 덜 알려져서인지 사람이 아주 많지는 않았다.

재미있게 다 타고나서 아이들이 한 말은

"근데 놀이동산은 어디 있어?"

지도의 정보전달력이 부족한 건지, 나의 정보 인지력이 부족한 건지 근처를 세 바퀴 돌았는데도 도통 알 수가 없었다. 알고 보니 우리가 찾던 놀이동산Fantasy park은 지상이 아닌 지하에 숨어 있었다. 다시 주변 사람들에게 물어 물어 루지를 타는 곳의 지하로 가보니 화면으로만 봐 왔던 거대한 놀이동산이 떡 하니 나타나는 게 아닌가. 이걸 찾기 위해 주변을 세 바퀴 돌았다!

이곳에는 아이들이 좋아할 만한 놀이기구랑 VR 체험, 키즈놀이터, 범퍼카 등이 있었다. 우리 아이들은 시간 가는 줄 모르고 놀았다. 우리 딸이 특히 좋아했던 놀이기구는 미니 자이로 드롭이다. 잠실의 놀이동산에 있는 자이로 드롭보다는 1/3 정도의 작은 크기지만 이게 위에서 수직으로 떨어지는 놀이기구다 보니 나는 너무 무서웠다. 첫째 아이는 처음에는 무서워하더니 점점 놀이기구를 즐기고 있었다. 너무 재미있다면서 세 번이나 탈정도로. 시간이 없어서 가야 한다고 해서 세 번 탔지, 안 그랬으면 열 번도 탔을 것 같다. 게임을 할 수 있는 기계도 많았으나 시간 관계상 이용하지 못하고 가야 했다. 우리 딸이 어찌나 아쉬워하던지. 그러게 말이다. "다음에 또 올 이유가 생겼어. 꼭 다시 오자!" 이렇게 해서 3개월 후 다낭에 재방문하게 된 것이다.

딸이 신나게 탔던 놀이기구

렌트 기사님과는 오후 다섯 시에 보기로 했는데 벌써 4시 30분이다. 바나힐의 명소 골든 브릿지는 아직 가지도 않았는데 말이다. 어쩔 수 없이 기사님께 30분만 더 늦게 보자고 양해를 구한 후 서둘러 케이블카를 타고 골

든 브릿지로 향했다. 이제야 바나힐의 지도가 내 머릿속에 확실하게 그려
진다. 가보지 않고서는 절대 익힐 수 없는 구조다. 다음에 올 때는 바로바
로 목적지까지 갈 수 있겠다.

매체에서 많이 봐 왔던 골든 브릿지. 거대한 양손이 다리를 받치고 있는
형태다. 거의 폐장 시간이 다가와서 그런지 생각했던 만큼 관광객이 많지는
않았다. 구름을 아래 두고 다리를 건널 수 있다니 정말 신선한 경험이었다.

9시 30분에 바나힐에 도착해 5시 30분에 나왔다. 하하. 여덟 시간이나
있었는데도 모자랐다. 심지어 우리는 점심 식사도 거른 채 다녔다. 렌트 기

사님과의 약속이 아니었더라면 아마 밤을 새워서 있지 않았을까. 신선들이 놀음할 것 같던 유원지 바나힐. 아이에게도, 어른에게도 정말 좋은 바나힐이었다. 다음을 기약하고 굶주린 배를 채우러 다낭 시내로 출발했다.

다낭 시내까지는 30여 분이 걸렸을까. 기사님께서 단골 쌀국숫집으로 데려가 주셨다. 주변은 모두 베트남 가족들. 이곳은 관광 거리와 많이 떨어져 있다 보니 손님들이 모두 현지인이었다. 식당에 들어서자 모두가 거의 동시에 우릴 쳐다봤다. '아니, 쟤네가 어떻게 이곳을 왔지?' 하는 눈빛으로. 현지식당에서 이렇게 관심을 한 몸에 받는 것쯤은 기분 좋다! 쌀국수 세 개와 볶음국수를 시켜봤는데 정말 맛있었다. 이때도 마파람에 게 눈 감추듯 쌀국수를 흡입했다. 이렇게 푸짐하게 먹고 지불한 금액은 13만 동. 약 7,000원이다. 사랑스러운 물가에 절이라도 하고 싶을 정도다.

기분 좋은 식사를 마친 후 들른 곳은 고마켓Go! market. 오늘은 우리가 호이안 외곽에 있는 레지던스로 숙소를 옮기는 날이라 가기 전에 먹을 식량을 사 갈 생각이었다. 3일 동안 먹을 물과 과일, 견과류, 간식 등을 간단하게 구매했다. 둘째 아이는 생선 코너의 수조 앞에 쪼그리고 앉아 물고기를 한참 동안 바라보고 있었다. 역시 순수한 어린이라 다르구나. 이 세상에 나온 지 6년이 갓 지난 이 생명에게는 물고기라는 또 다른 생명 역시 신기해 보일 것이다. 마트 곳곳을 둘러보고 무얼 파는지 제대로 구경해 보고 싶었지만 역시 기사님과의 약속 시각 때문에 서둘러 장만 보고 나왔다.

쪼그리고 앉아 물고기를 유심히 바라보고 있는 아이

먼 거리를 달려 무사히 우리의 새로운 보금자리로 도착하게 되었고 이곳에서 기사님과 작별 인사를 했다. 미리 준비해 간 한국 간식과 알록달록 귀여운 스티커, 한국의 고유 문양이 그려져 있는 USB와 함께. 기사님의 아이가 세 명이라는데 기사님과 가족들이 내 선물을 요긴하게 잘 쓰면 좋겠다.

오늘의 돈

어제 받은 최악의 마사지 : 32만 동 (내 비용은 받지 않았다.)
바나힐 : 입장권 성인 2인 180만 동, 아이 2인 150만 동 (약 17만 원)
　　　　VR 체험 14만 동
ATM기에서 1,000만 동 인출
식당 (Mai noodle) : 13만 동
고마켓 (Go! Market) : 130만 동
차량 렌트비 : 160만 동 (약 8만 원)
총 679만 동 (약 37만 원) 지출

바나힐에 성공하느냐 마느냐는 그날 날씨에 달려 있다. 우리가 간 날은 햇볕이 쨍쨍 내리쬐고 있어서 굉장히 선명한 날씨였고 고도가 높아 나름 서늘했다. 산 밑으로는 안개가 듬성듬성 끼어 있어서 신비한 분위기를 연출했다. 들어보니 우리가 간 날과 그 전날이 손에 꼽을 정도로 날씨가 기가 막히게 좋았던 날이라고 하더라. 일기예보에는 비가 온다고 표시되어 있어도 햇볕 쨍쨍일 때가 많고, 일기예보에 해가 표시되어 있어도 비가 오거나 안개가 자욱할 때가 많은, 신비로운 바나힐이다. 일기예보는 믿을 게 못 되고 무조건 날씨 요정이 와 줘야 바나힐 여행이 성공할 수 있다.

바나힐에서는 종이 지도에 의존해서 다녔다. 물론 이곳에서도 인터넷이 잘 터지긴 하지만 구글맵에는 바나힐의 구석구석이 제대로 표현되어 있지 않아서다. 핸드폰을 보지 않고 오랜만에 종이 지도를 보자니 지도가 눈에 잘 안 들어와서 문제긴 했지만, 그날만큼은 핸드폰에 의존하지 않았다. 평소 내 눈의 충혈과 피로의 원인이었던 핸드폰을 보지 않으니 시력이 절로 좋아진 느낌이었다. 아니 그날 하루만큼은 시력이 진.짜.로. 좋아졌다.

이날은 20,000보를 달성한 날이기도 했다. 길을 잘 모르니 많이 걸을 수밖에 없는 건 당연한데, 많이 걸어도 다리가 아프기는커녕 오히려 발걸음이 가벼웠다. 과장을 조금 보태자면 내 몸이 깃털이 된 것처럼 조금만 뛰어도 하늘로 날 수 있을 것만 같았다. 날씨 요정과 함께여서 그랬을까. 지금 생각해도 다낭 하면 제일 먼저 떠오르는 장소는 바나힐이다.

오늘은 온전히 호캉스!

　호이안 여행을 준비하며 깨달은 것은 아름다운 호텔들이 매우 많다는 것. 가보고 싶은 호텔이 많았다. 그렇다고 숙소를 하루마다 옮길 수도 없는 노릇이라 추리고 추려서 두 개로 압축했다. 두 숙소 모두 호이안의 올드타운과는 떨어져 있어서 관광의 핵심인 올드타운을 가려면 차를 타고 나가야 한다. 내 성격상 많이 붐비는 걸 내켜 하지 않아서 항상 중심지와는 조금 떨어진 곳에 숙소를 잡게 되는 것 같다. 하지만 결론은 두 개의 숙소 모두 만족했다는 사실.

　내가 새로이 묵는 호이안의 레지던스는 호이안 올드타운보다 훨씬 아래쪽에 있는, 관광지와는 동떨어진 곳이다. 어제 바나힐에서 2만 보 이상을 걸었으므로 오늘은 온전히 호캉스를 즐기기로 했다. 이 호텔은 규모가 대단히 컸다. 작은 호텔에 있다가 넘어오니 더욱 실감 났다. 또 새로 지어진 호텔이라 그런지 모든 시설이 깔끔했다.

어김없이 아침 일찍 일어난 우리 가족들은 조식당으로 향했다. 하노이의 숙소에서는 조식을 신청하지 않아 아침을 간단히 해 먹고 나갔었는데 호이안에서는 모두 조식이 포함된 숙소라 아침을 푸짐하게 먹을 수 있어서 좋았다. 리조트가 커서 그런지 식당에 있는 메뉴가 대단히 많았다. 어렸을 때는 호텔 뷔페에 가면 모든 음식을 다 먹어 봐야 한다는 욕심이 있었다면, 이제는 나에게 맞는 음식만 조금씩 맛본다. 무턱대고 다 먹다가는 바로 살찌는 나이가 돼버렸기 때문이다. 그리고 이곳 베트남의 호텔에서 꼭 먹어야 하는 것은 뭐다? 바로 카페 쓰어 다. 베트남에 며칠 있어 봤다고 능숙하게 카페 쓰어 다를 만들었다. 무더운 여름날에는 더위를 식힐 수 있어서 좋고 추위가 기승을 부리는 겨울날에도 카페 쓰어 다 한 잔이면 온 정신이 개운해질 것만 같다.

맛있는 조식을 먹고 나서 레지던스 안을 조금 더 구경했다. 넓은 수영장은 신경을 많이 쓴 듯 보였다. 수영장 둘레를 조약돌로 장식해 놓았는데 어머나, 조약돌을 색칠해 꾸밀 생각을 하다니. 앙증맞고 귀여웠다. 방에서 조금 쉬다가 수영하러 오기로 했다.

벌써 10일째다. 벌써? 여행에서의 시간은 왜 이리 빨리 가는 것인가. 전혀 기대하지 않았으나 푹 빠져버린 다낭과 호이안. 기대가 없었기에 더욱 빠져들 수 있었던 것 같다. 다낭은 별것 없을 것 같아서 호이안에서만 6박을 잡는데 다낭 역시 사랑스러웠다.

나는 우리 방 소파에 앉아 바깥 풍경을 감상했다. 숙소에서 보이는 바다를 감히 베트남의 하와이라고 이름 짓고 싶다. 바다색이 어찌나 예쁜지. 이리 조용하고 평화로운 곳에 앉아 파도 소리를 듣고 있자니 남편과 단둘이서 여행 갔던 하와이 생각이 잠시 났다. 11년 전의 하와이 바다도 푸르고 아름다웠었지. 하지만 이 순간만큼은 이곳의 풍경이 훨씬 좋다. 한적함과 평화로움이 추가되었으니까. 언제 어디서나 푸른 바다는 사람의 마음을 안정시켜 주는 듯하다.

조약돌로 만든 귀여운 고래들이 옹기종기 모여 있다

방에서 계속 쉬다가 오후가 다 되어서야 수영장으로 나섰다. 아침에 식당에서 본 수많은 인파는 다 어디로 갔을까. 수영장에는 중국 가족 한 팀만이 요란스러운 소리를 내며 놀고 있었다. 우리도 역시 신나게 물장구를 치며 놀았다. 푸른 하늘과 멀리 보이는 한적한 바다. 이런 평화로운 순간을 만끽하면서 놀 수 있다니 더없이 행복했다.

저녁에는 레지던스 바로 옆의 호텔로 구경 가보았다. 우리 레지던스도 아주 고급스러웠지만, 그곳은 키즈클럽, 카지노, 여러 식당, 여러 수영장이 있어서 더욱 고급스럽게 보였다. 다음에 왔을 때는 이 호텔에서도 한번 묵어 보고 싶네.

내가 호이안에 있을 때 하노이에 며칠째 비가 추적추적 내리고 있다는 소식을 접했다. 우와. 이번 여행은 진정 날씨 요정이 함께한 게 맞구나.

행복한 호캉스의 하루가 지나간다….

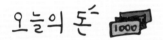

오늘의 돈

조식 추가신청 (아동 2인) : 205만 동
총 205만 동(약 12만 원) 지출

아찔했던 화장실 갇힘 사건

　　오늘은 마사지 샵에서 제공되는 차를 타고 나가 마사지를 받고 호이안 올드타운을 한 번 더 구경할 생각이다. 지난번 호텔에서 인생 최악의 마사지를 경험한 나는 '뭐든 그때보다는 나을 거야.'라고 생각했다. 종업원의 동의하에, 아이들은 1층 로비에서 그들만의 끼적이기를 하고 있기로 하고 우리는 2층으로 올라가 마사지를 받았다. 몸이 노곤한 상태에서 마사지를 받으니 정말 좋았다. 그렇지. 이런 게 바로 마사지다. 이래서 사람들이 마사지 받으러 베트남으로 여행 온다고 하나 보다. 이번 여행에서 내가 받은 마사지 횟수는 총 2회. 모두 호이안에서 받았다. 하나는 인생 최악의 마사지. 그리고 하나는 나름 만족했던 마사지. 후자는 픽드랍 서비스가 가능해서 아침에는 호텔로 우리를 데리러 오고, 마사지를 받고 나서는 호이안 박물관까지 데려다주었다. 차량을 지원해 주는 서비스는 정말 편하다.

　　성인끼리의 여행이었다면 아마 1일 1 마사지를 했을 것 같지만, 나의 경우는 우리 아이들과 함께하는 여행이었기에 그럴 수 없었다. 우리 아이들이 좀 더 커서 둘이서 수영장에서 안전하게 놀 수 있는 날이 온다면 그땐 시간상으로 여유가 되겠지? 그날을 손꼽아 기다려 본다.

호이안 박물관은 올드타운과 약간 떨어져 있어서 그런지 사람들이 박물관이 있는지 잘 모르는 것 같다. 그래서 박물관에 우리밖에 없었을까? 물론 우리나라의 박물관을 기대하는 것은 금물. 호이안의 역사를 사진으로, 유물로 직접 접할 수 있다는 것에 의미를 두겠다. 나는 호이안의 여러 풍경을 그린 그림 전시가 마음에 들었다. 원래는 이곳의 3층에 카페가 있고, 그곳이 호이안의 전경을 즐기기에 아주 좋은 전망대 역할을 한다고 하던데 웬일인지 2층까지만 개방되어 있고 3층으로 가는 계단은 폐쇄되어 있었다.

박물관에서 본 호이안의 한가로운 풍경

그래서 사람이 더욱 없었나 보다. 하는 수 없이 2층 발코니로 나가 보았다. 이곳에서도 호이안의 전경이 아주 잘 보였다. 높은 빌딩 없이 옛 건물 그대로 보존된 호이안. 바람이 솔솔 불어 평화로운 정취를 더해 주었다.

올드타운의 한 가게

늦은 점심으로 소고기 쌀국수를 각자 한 개씩 클리어했다. 이 식당은 내가 인터넷 검색을 하다가 우연히 찾아낸 곳인데, 올드타운에서 약간 떨어져 있어서 음식값이 더욱 저렴했다. 마침 점심시간이 약간 지나서 식당 안에 손님이 아무도 없었다. 손짓·발짓으로 어렵지 않게 쌀국수를 시켜서 맛나게 먹고 있으니, 지나가던 외국인 관광객들도 우리 모습을 보고 맛있어 보였는지 하나둘씩 들어왔다. 이럴 때 나는 뿌듯함을 느끼지. 하하.

유명한 반미 전문점에서 '어쩜 이리 우리 입맛에 잘 맞는 걸까?' 감탄하며 반미를 맛나게 먹고 있을 무렵, 아까 마사지를 받았던 스파의 주인이 황급하게 메시지를 보내왔다.

"Where are you, madam?"

(어디 있나요, 마담?)

실은 아까 메뉴판에 달러로 금액이 표기되어 있어서 혹시나 하고 나의 구 미국 달러도 받느냐고 물어보았었는데, 직원이 당연히 된다고 해서 달러로 지급했었다. 속으로 '앗싸!' 쾌재를 불렀는데, 아뿔싸! 구 달러는 이제 어디서도 통용이 안 되나 보다. 주인은 직원과 함께 오토바이를 타고 내가 있는 반미 집까지 와서 구 달러를 베트남 동으로 바꿔갔다. 미안하지만, 나도 구 달러를 쓸 수 없는지 몰랐고, 직원도 받아도 되는지 알았던 모양이다. 아, 다시 구 달러를 처치할 일이 남았는데, 그렇다면 본토에서는 받아주려나? 그럼 다음 방학여행은 미국? 엉뚱한 생각을 잠시 해 보고 허탈하게 웃었다.

무더운 올드타운에서 무얼 해 볼까? 조금 망설이다가 투본강 쪽으로 가게 되었다. 어디선가 아저씨가 튀어나와 배를 타라고 한다. 투본강에서의 유람선이라. 이것도 괜찮겠다 싶어서 약간의 흥정을 하고 타 보았다. 배를 타고 나갈 때는 시원한 바람을 맞으며 호이안 올드타운을 관람할 수 있었고 올 때는 매연 바람을 계속 맞는 바람에 좀 캑캑거리긴 했다. 이로써 올

드타운을 총 세 번 방문하는구나. 이 아름다운 동네에 다시 오고 싶다는 생각을 많이 했다. 친정엄마랑 우리 아이들은 무슨 생각을 했을까? 나처럼 행복하다고 생각했을까, 아니면 나와는 다른 생각을 했을까. 별생각이 없었을지도 모르겠다. 모두가 느끼는 감정은 각기 다르니까.

호텔로 돌아온 후, 온종일 '수영은 언제 해?'라고 말하던 아들의 성화에 다시 한번 수영장을 찾았다. 어제는 나 역시 수영장에 같이 들어갔지만, 이번에는 수영장 바로 옆의 짐Gym에서 근력 운동을 하기로 했다. 아이들이 안전하게 잘 노는지 한참을 바라보다가 나는 짐으로 들어갔다.

여행지에 와서 호텔에 묵을 때면 묵는 기간 동안 적어도 한 번은 짐을 이용한다. 남편의 말에 따르면 그게 제대로 호텔을 즐기는 방법이라나. 아이를 낳기 전에는 호텔 스테이를 할 때 무조건 수영장으로 갔지 짐을 이용할 생각은 한 번도 해 보지 않았다. 그땐 '관광하고 놀기에도 시간이 빠듯한데 여행 와서까지 운동해야 하나?' 이런 생각이었던 것 같다. 나는 두 아이를 낳고 한참 만에 난생처음으로 근력 운동을 배웠었는데, 그때 깨달았다. 내 몸의 근육을 만들어가는 과정에서 흘리는 땀방울이 이렇게까지 보람찬 순간이라는 것을 말이다. 나이가 점점 들어감에 따라 사람의 근육은 아무리 많은 활동을 해도 노화로 인해 1년에 1%씩 소실된다고 한다. 그래서 나이가 들수록 근력 운동은 더욱 필수라는 생각이 든다. 하지만 근력 운동을 하러 가기까지의 엄청난 의지가 필요하다. 그래서 '일주일에 한 번은 하자!'라는 생각으로 꾸역꾸역 근력 운동을 하는 중이다. 그리고 호텔 안의 짐에서만 느낄 수 있는 '운동하는 맛'이 있다. 평소 나의 운동 장소인 우리 아파트의 피트니스 센터와 비교했을 때 훨씬 넓고 고급스러운 장소에서 번쩍번쩍한 운동기구들과 함께, 멋진 뷰를 보며 운동한다는 것. 이러니 안 하면 손해다.

짐에서 한창 열심히 운동하고 있던 찰나, 바로 전에 수영장에서 본 아이 둘의 아빠인 듯 보이는 한국인 남성이 짐 안으로 들어왔다. 그때 나는 아마 어깨 운동에 매진 중이었을 것이다. 그런데 이 남성분이 나를 향해 성큼성큼 걸어오는 것이다. 속으로 생각했다. '왜 저 아저씨가 나에게 걸어오는 거지? 무슨 할 말이라도 있나?'

"저기, 수영장에서 놀던 딸이랑 아들 엄마 되시죠?"

"네, 그런데요?"

이 아저씨가 설마 우리 아이들에 대해 항의하려고 온 걸까? 순간, 이 생각이 들었다. 아니다. 평소에 내가 아이들에게 타인에 대한 배려와 예의를 얼마나 강조했는데 그럴 리가 없다. 혹시 누군가 다치기라도 했나? 그럼 어떡하지? 오만가지 생각이 빠르게 머리를 스쳐 지나갔다.

"그 댁 아들이 화장실 문이 고장 나서 볼일을 보고 못 나오고 있어요."

"네???"

깜짝 놀라 운동을 멈추고 달려가 보니, 진짜 우리 아들이 화장실 안에서 못 나오고 있었다. 두려움에 싸여 있을 아들을 다독이기 위해, 최대한 내 마음을 진정시켜 가며 아이에게 상황을 물었다. 그때 내 심장은 정말 빨리 뛰고 있었고, 내 목소리는 많이 울먹인 상태였다. 지금 생각해도 너무나 아찔한 순간. 같이 왔던 한국인 남성은 화장실 문이 고장 나는 바람에 아이가 안에서 잠금장치를 열어도 문이 열리지 않는 것 같다며 수영장 가드에게 수리공을 불러 달라고 요청해 놨다고 했다. 아, 타지에서 이렇게 한국인의 도움을 받다니 감사할 따름이다. 감사하다고 여러 번 고개 숙여 인사하고 다시 아들과 이야기를 계속 나누었다. 아들은 수영장에서 놀다가 소변이 아주 마려워서 화장실에 왔단다. 남자 소변기의 위치가 너무 높아 소변기에 볼일을 보지 못하고 양변기가 있는 칸으로 들어와 문을 잠갔는데 그 뒤부터 문이 열리지 않는다고 했다. 다행히 아들의 목소리는 생각보다 훨씬 담담했다.

나는 서둘러 옆 칸으로 들어가 문의 개폐 시스템이 어찌 되는지 애써 침착하게 알아보았다. 손잡이는 동그란 핸들을 돌리면 잠기게 되는 것이었는데, 보통 여자 화장실 문이 그렇듯 오른쪽으로 한 번 돌려 보니 잠기고, 다시 왼쪽으로 돌려 보니 열린다. 특별한 게 없는데? 다만 문이 커서 좀 무거운 느낌이다. 진짜 문이 고장 난 건가? 다시 한번 시도해 봤다. 한 번 딸깍하고 잠기고 같은 방향으로 계속 돌려보니 두 번 딸깍하며 이중 잠금이 된다. 반대 방향으로 다시 한번 딸깍하니 잠긴 문이 열리지 않고 두 번 딸깍하니 그제야 열렸다. 아, 화장실 문이 이중 잠금이 되는 구조였던 것(정말 최첨단 시스템이네). 어린 나이인 아이도, 이 호텔 화장실을 처음 이용해 보는 어른도 처음엔 이걸 알 리가 없지. 다시 아이가 갇힌 화장실 문 앞에 서서 왼쪽으로 한 번 더 돌려보라고 했다. 아이는 화장실 속에서 몇 번을 이리 돌렸다 저리 돌렸다 해 보더니 드디어 탈출했다!

휴, 십 년 감수했다. 아이가 화장실 속에 갇혀 있는 동안 내가 더 두려웠던 것 같다. 이래서 아이들은 한시도 빠짐없이 지켜봐야 하는구나. 이제 곧 학교에 갈 나이가 되었다고 내가 순간 방심했다. 무사히 나온 우리 아들에게 감사하며 오랜 시간 동안 아들을 안아 주었다. 또래보다 키도 작고 체구도 작은 귀여운 녀석. 이 녀석은 귀여운 순한 양의 얼굴을 하고선 항상 내게 안긴다. 그리고 어린 강아지처럼 계속 애교를 부린다. 그러다가 본인 마음에 들지 않는 게 있으면 갑자기 화를 냈다가도, 언제 그랬냐는 듯이 웃으며 달려와 안기는 아이다. 알다가도 모를 이 귀여운 녀석. 오늘 깜깜한 화장실 속에 이 자그마한 아이가 갇혀서 얼마나 무서웠을까. 큰 사고가 일어나지 않았음에 감사하면서 매니저에게 수리공은 오지 않아도 된다고 바로 말씀드렸다.

다음 날 조식당에서 그 한국인 남성을 혹시나 만날까 싶어서, 그분의 어린 자녀들에게 줄 간단한 학용품을 들고 기다렸다. 느지막이 네 명의 아이와 함께 나타나셨더라. 어머나, 오늘 내가 본 당신의 어린아이들은 세 번째,

네 번째 자녀였던 건가요? 아이를 한 명도 낳지 않는 요즈음, 네 명의 자녀를 낳고 키우는 그분이 정말 대단해 보였다. 그때 아이가 화장실에 갇힌 걸 보고 알려주신 한국인 아버지. 이 책을 통해 다시 한번 감사드립니다.

아, 호이안의 마지막 밤이 와 버렸다. 아름다웠던 호이안. 많은 일이 있었던 호이안. 떠나기 싫다.

하루에도 몇 번씩 나를 울고 웃게 만드는 녀석

오늘의 돈

ATM기에서 500만 동 인출

마사지 (White Orchid Spa) : 88만 동

마사지사 팁 : 4만 동

식당 (Phở Bò Phố Cổ) : 14만 동

간식 (Madam Khánh) : 12만 동

호이안 유람선 : 30만 동

총 148만 동 (약 8만 원) 지출

Tip 🐟☁️☁️☁️

처음 하노이 노이바이 국제공항에 입국했을 때 5만 원을 환전하고, 하노이에서 1,000만 동을 인출했고, 다낭에 도착한 후 한시장 앞 금은방에서 25만 원을 환전했다. 그 뒤로 돈이 똑 떨어져서 ATM기로 가 돈을 다시 뽑았는데, 이상하다. 8,000원가량의 수수료가 붙은 것이다. 그때가 오후 여섯 시쯤 되었으니 '시간이 늦어서 할증이 붙나 보다.'라고만 생각했다. 호이안에서의 마지막 날 또 ATM기에 가서 인출했는데 맙소사! 또 수수료가 붙었다. 무려 5,000원이나! 수수료가 붙지 않을 것 같은 오전 9시 30분인데? 왜 그러지? 정말 이상한데. 지난여름 말레이시아에서도 한 번도 수수료가 붙은 적이 없는데. (5,000원이면 오늘 먹은 쌀국수를 3개나 먹을 수 있는 어마어마한 돈이다!)

내가 놓친 것이 있었다. 바로 트래블 카드Travel card의 인출 한도. 내가 발급받은 트래블 카드는 월별로 인출 한도가 정해져 있었고 그 금액을 초과한 후부터 수수료가 붙었던 것. 말레이시아 여행은 7월 말부터 8월 중순으로 이번

여행보다 더 긴 22박 24일간의 여행이었지만 7월, 8월 두 달에 걸친 여행이어서 수수료가 붙지 않았었다. 여행 준비를 한다고 매일 책, 인터넷의 바다에서 살았는데 중요한 것을 놓쳤다. 여행 기간이 길면 길수록 이 부분은 유념해 두어야겠다. 트래블 카드를 두 종류 이상으로 만드는 것도 하나의 방법이겠다.

여러 대의 인력거가 손님을 기다리고 있다

나의 다낭, 호이안 숙소 🏨

1. Wyndham Garden Hoi-an

아주 사랑스러웠던 작은 호텔. 미국의 호텔 체인인 윈덤Wyndham 그룹이 호텔을 인수해서 몇 해 전 리노베이션을 했다고 한다. 코로나 전에는 한국인이 많이 묵었던 호텔이라고 바로 옆의 레스토랑 사장님이 말씀해 주셨다. 총 6층이고 객실 수가 몇 개 되지 않았으며 투숙객은 죄다 서양인 어르신들이었다. 어르신들이라 그런지 엘리베이터나 식당의 커피머신 앞에서 헤매는 경우가 종종 있어서 그때마다 친절하게 도와드렸다. 나 또한 처음인 이곳에서 타인을 도왔다고 생각하니 절로 뿌듯했다. 이곳은 저렴한 가격 대비 좋았던 호텔이다. 물론 레지던스보다 방 크기는 작았지만, 가격을 생각하면 괜찮았다.

내가 방문했던 시기에 이 호텔에 투숙객이 그다지 많지 않아서 조식당이 붐비는 일은 없었다. 3일 동안 아침 뷔페를 먹을 때 만난 팀들은 서너 팀 정도. 항상 여유 있는 아침 식사를 할 수 있었고 식사 또한 정말 만족스러웠다. 식당 옆의 작은 수영장은 물이 매우 차가웠지만, 아이들은 즐거워했다. 물론 수영장 이용객도 많지 않았다. 우리뿐이거나 수영하는 서양 어르신 한 분 정도? 호텔의 만족도는 그 시기에 얼마나 많은 투숙객이 있느냐에 따라 달라진다.

구글에서 이 호텔을 검색해 봤을 때 옆방의 소음이 크게 들렸다는 리뷰가 있었다. 나의 경우, 패밀리룸이라 다른 방들과는 동떨어져 있기도 했고 같은 층에서 투숙객을 마주친 적이 없을 만큼 투숙객이 적어서 벽간 소음 때문에 스트레스를 받지도 않았다. 우리 방 앞으로는 동네 술집으로 보이는 곳이 있어서 밤에 약간 시끄러운 적도 있었지만 큰 문제가 되지 않았다. 조용하고 한가롭게 누릴 수 있다는 점에서 아주 만족스러웠으나, 이 호텔에서 받은 최악의 마사지 때문에 기분이 많이 상했다. 다시 간다면 이곳은 제외다. 불성실했던 그 직원이 이직한다면 다시 갈지도 모르겠지만….

2. Hoiana Residence

거대 자본이 투자된 이 레지던스는 최근에 지어져서 모든 게 새것이었다. 최신식의 호텔답게 관리가 잘되어 있는 숙소. 내가 관심 있다면 다른 사람도 관심 있겠지. 워낙에 넓어서 큰 상관은 없었지만, 투숙객이 아주 많았다. 한국인이 제일 많았고 중국인들도 상당히 보였다. 여기저기서 한국말이 들려서 자칫 한국의 휴양지로 놀러 온 것 같은 느낌도 들었다. 골프장이 바로 옆에 있어서 골프를 치러 많이 오는 듯하다.

조식당에 일찍 가면 사람들이 많이 없어 모든 요리를 따뜻한 상태로 바로 먹을 수 있으나 피크 타임에는 사람들이 너무 많아 줄을 서야 할 정도였다. 그래서 우리는 아침 일찍 가거나 아니면 아예 늦게 가서 여유롭게 먹는 것을 택했다.

다음에 온다면 같은 계열의 바로 옆 호텔에 묵어보고 싶다. 호이안의 감성이 느껴진 숙소는 전혀 아니었지만, 숙소에서 보이는 푸른 바다가 나의 마음을 안정시켜 줘서 좋았다. 큰 리조트에서 호캉스를 누리고 싶을 때 추천하는 숙소가 되겠다.

올드타운의 아름다운 거리

다낭, 호이안에서 나는···

다낭

다낭의 첫인상은 '왜 이토록 선명하지?' 였다. 하노이에 있다가 다낭에 오니 미세먼지 없는 다낭 하늘이 더욱 선명하고 깨끗해 보였다. 공항에서 시내로 이동할 때 맑은 하늘에 여러 번 감탄했었다. 또 오토바이와 차들이 하노이보다 월등히 적어서 마음이 안정되었던 것 같다. 한국인이 가장 사랑하는 여행지답게 한국어가 많이 들리고 한국인들이 많이 보여서 친숙했다. 그만큼 다낭은 여기가 한국인지 베트남인지 헷갈리는 도시다. 여행 전, 다낭보다는 호이안이 나의 감성에 더 맞는 것 같아서 거의 모든 일정을 호이안으로 몰아넣었는데, 첫날 잠깐 본 다낭 시내와 중간에 들른 바나힐이 기대 이상으로 좋았다. 나는 한시장과 핑크 성당은 스치듯 지나갔었고 한국인이 많이 가지 않는 참 박물관과 바로 그 앞으로 이어지는 한강을 갔었는데 그때 현지인을 많이 만나서 여행 느낌이 제대로 났다. 순수하고 소박한 그들의 삶에 잠깐이나마 동화될 수 있어서 좋았다. 다낭의 아기자기한 여러 식당과 카페, 그리고 미케비치를 못 가본 게 아쉽다. 여행에서 돌아오자마자 바로 다낭 항공권부터 알아봤다는 것은 다낭, 호이안이 이번 베트남 여행에서 가장 편안한 여행지였기 때문이었으리라.

호이안

다낭에서 30분 정도 떨어져 있는 호이안은 모든 여행자의 감성을 자극하기에 충분한 곳이다. 특히, 아기자기하고 귀여운 걸 좋아하는 여심을 자극한다. 호이안 올드타운은 세계문화유산으로 지정되어 있을 만큼 문화적으로 가치 있는 곳이다. 조그맣고 예쁜 가게들이 옹기종기 모여 있는 올드타운. 가도 가도 또 방문해 보고 싶은 그런 곳이다. 올드타운을 세 번이나 방문해 보았음에도 불구하고 올드타운이 궁금하기만 하다. 어떤 장소, 어떤 가게가 있는지 궁금한 것보다, 그저 그 길 자체만으로 궁금하다. 매일 산책 삼아 거닐고 싶은 곳. 그곳이 바로 호이안 올드타운이었다. 코코넛 마을의 바구니 배와 쿠킹 클래스 체험도 우리 가족 모두가 만족했던 체험이었다. 호이안에는 평화로운 논 뷰 카페와 마음을 힐링시켜 주는 요가원도 있는 듯한데, 나는 시간 관계상 방문해 보지 못했다. 나중에 혼자서 호이안을 방문해 유유자적하게 휴식도 취하고 책을 읽으며 시간을 보내보고 싶다는 생각을 간절하게 해 보았을 정도로 개인적으로 아주 애정하는 곳이 되어 버린 곳.

처음 베트남 여행 계획 당시에는 관심이 전혀 없었으나, '한국인이 사랑하는 휴양지라는데 도대체 어떤 매력이 있어서 그렇게들 가는지 나도 한번 가보기나 해 보자!'라는 심리로 일정에 넣었던 다낭-호이안이다. 여행을 다녀온 후 나의 감정은 완전히 반대로 바뀌었다. 내가 가본 베트남의 지역

중에서 가장 사랑스러웠던 곳! 특히, 일상에 지칠 때면 다낭과 호이안의 그 여유로움과 고즈넉함이 잔잔하게 내 머릿속을 맴돈다. 그곳은 내가 언제라도 다시 가거든 평화롭고 여유로운 상태 그대로 나를 반갑게 맞이하겠노라고 속삭이는 듯하다.

올드타운의 한 커피가게 앞에서 신나게 점프하는 아들

올드타운 안의 스타벅스

3장

화려한 도시,
호찌민

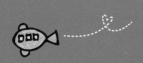

아이들과 함께하는   호찌민 여행 팁

☑ 호찌민은 한국의 겨울에 해당하는 12월~2월에도 기온이 매우 높으므로 아이들의 컨디션 조절에 신경 쓰도록 하자.

☑ 호찌민에 왔다면 꼭 방문해야 할 곳이 전쟁 박물관이다. 아이들과 함께 베트남 전쟁의 역사와 의미에 대해 생각해 보는 시간을 가져 보도록 하자.

☑ 사이공 우체국 옆으로 책을 좋아하는 이들을 위한 책방 거리가 있다. 소소하게 책 한 권을 사보는 건 어떨까.

☑ 호찌민에서의 일정이 길다면 색다른 교통수단인 수상 버스를 타고 현지인의 삶으로 들어가 보자.

☑ 베트남의 가장 화려한 도시, 호찌민의 야경을 시티투어버스를 타고 감상하는 것도 좋은 방법.

보수 공사 중인 노트르담 성당과 호찌민 시티투어버스

전쟁 박물관에서 오디오 가이드를 듣고 있는 아이들

이 도시는 나랑 맞지 않는 것 같아

　실은 오늘 다낭에서 호찌민으로 가는 비행깃값이 굉장히 비쌌다. 3일 뒤의 항공권은 가격이 오늘의 절반이었지만, 나는 베트남을 여행해 본 적이 없으므로 여행 도시들의 일정을 나름 공평하게 배분한다고 오늘 떠나는 것으로 잡았다. 지금 생각해 보니 3일 뒤의 저렴한 항공권으로 구매했으면 경비도 많이 절약하고 감성 가득한 이곳 호이안에서 더 행복하게 오래 있다가 갈 수 있었겠다. 그만큼 호이안은 나에게 정말 사랑스러운 곳이었다.

　아쉬운 다낭-호이안을 뒤로하고, 오전 열한 시쯤 다낭 국내선 공항으로 향했다. 커다란 셔틀버스에 탄 사람들은 우리 가족을 포함해 두 팀뿐이었다. 한 팀이 먼저 국제선 공항에서 내리고 우리는 그다음 국내선 공항에서 내렸다. 외국을 보름 이상 여행하면서 느낀 장기여행의 장점은 국내선 비행기로 이동하니 공항에서도 여유를 느낄 수 있다는 것. 단기여행으로 한 도시만 가게 되면 그곳의 국제공항을 이용해야 하는데 그러면 한꺼번에 많은 사람이 입출국 수속을 거치게 되어 굉장히 번잡하다. 국내선은 상대적으로 사람들이 적어 조금 더 여유롭게 수속받을 수 있어서 더 좋다. 물론 당연한 얘기지만.

드디어 호찌민으로 떠난다!

프랑스 식민지 시절 수도였던 호찌민. 그때는 이름이 사이공이었고 지금도 많은 곳에서 사이공이라는 이름이 쓰이고 있다. 파리를 모방하여 도시를 만들었기 때문에 '동양의 파리'라는 별칭도 갖고 있다고 한다. 실제로 호찌민을 여행할 때 많은 프랑스식 건축 양식을 구경할 수 있었다. 호찌민은 베트남의 경제와 교통의 수도라는데, 수도보다 경제적으로 더 발전된 도시. 과연 어떤 느낌일지 궁금하다.

마침내 도착한 호찌민은 하노이만큼 복잡했고, 왠지 모르게 정이 가질 않았다. 하노이가 좀 더 서민적이었다면 여긴 그냥 서울 같다.

'호텔 셔틀버스를 타고 나가볼까.' 하고 내려갔더니 분명 시간표에는 오후 다섯 시 셔틀버스가 존재하는데 운행을 안 한단다. 이건 리셉션과도 공유가 안 되어 있는 상황이었다. 흠. 처음부터 이러면 숙소에 대한 정도 떨어지는데…. 호텔 주변만 걸어서 돌아본 결과, 길거리는 하노이보다 더 깨끗하고 잘 정돈되어 있다. 무엇보다 힙한 장소들이 많았다. 우리나라랑 비슷하다! 마음 편한 호이안에 있다 여길 오니 뭔가 주눅 드는 것 같기도 하고…. 아직 익숙하지 않아서 그런가?

저녁 먹을 곳을 찾다가 신기한 풍경도 발견했다. 바로 오토바이 발렛. 두 세 개의 큰 레스토랑 앞에 오토바이 발렛 기사들이 잔뜩 앉아 있었다. 어떤 사람이 음식점에서 나오니 빼곡한 오토바이 틈 속에서 한 오토바이를 꺼내 주고 돈을 받는다. 오토바이가 주 교통수단이다 보니 오토바이 발렛주차가 생겨난 모양이다. 우리나라에는 없는 문화라 참 신기했다.

유명한 포피스 피자4P's Pizza에 갔더니, 사람들이 바글바글하다. 주말에 예약 없이는 자리가 없단다. 거의 모든 가이드 북에 소개된 피자집이라 꼭 한 번 가보고 싶었는데. 하는 수 없이 호찌민 노트르담 성당 쪽으로 걸어가 성당 야경을 잠시 보고 그 앞의 반미 집에 들어갔는데 제일 싼 반미가 13.5만 동! 거기다 세금tax까지 따로? 한국이라면 이 가격이 합리적이라고 생각했겠지만 여긴 베트남인걸. 하노이와 다낭-호이안의 물가를 생각하니 호찌민의 물가가 꽤 비싸네. 아, 다시 하노이가 그립다, 그리워! 아직 적응이 안 돼서 그런 거라고 혼자 위로해 보았다.

우리는 성당 앞 로컬 쌀국숫집에서 닭 쌀국수를 간단하게 먹었다. 여태까지 소고기, 돼지고기 쌀국수만 경험해 봤는데 닭 쌀국수도 참 맛있었다. 우리나라의 닭개장 같은 맛이라고나 할까.

마침 우리 호텔 앞에 쿱마켓Coop market이 있어 이곳에서 일용할 식량을 구입했다. 딸기우유, 아이스크림, 채소, 돼지고기 등 나름 많이 샀는데도 만 원 정도밖에 안 나온다. 이게 바로 베트남 여행의 묘미지!

새로 간 호텔은 간이 주방이 딸린 곳이었는데 깔끔하고 넓은 객실을 보니 역시 만족스러운 5박을 보내게 될 것 같았다. 또 방이 엘리베이터 바로 앞이라 좋았다. 나는 아이들이 있어서 밖에서 들리는 소음 따위는 전혀 신경 쓰지 않는다. 오히려 우리 방에서 소음이 퍼져 나가는 걸 신경 써야 하는 입장이다. 절대로 남에게 피해 주지 않기. 나의 중요한 육아 철학 중의 하나다.

오늘의 돈

그랩 (공항-숙소) : 13.2만 동
식당 (Quán Miến Phở Gà) : 14만 동
쿱마켓 (Coop market) : 19.5만 동
총 46.7만 동 (약 2.5만 원) 지출

DAY 13 | 😊😊

고개 숙어졌던 전쟁 박물관

아침에 쿱마켓에서 다시 장을 봤다. 마트가 바로 앞에 있어서 5일 동안 내내 잘 이용했다. 이번 호찌민 여행에서는 마트 근접성의 중요함을 느껴서 다음부터는 숙소를 선정할 때 마트 위치도 잘 고려해야겠다고 생각했다. 언제나 그렇듯이 마트에서 소소하게 장을 보는 건 정말 즐겁다. 이번에는 오늘 아침에 먹을 달걀과 닭고기, 물, 우유, 채소와 과일, 요거트를 구매했다.

아침을 두둑하게 먹고서 호텔 근처에 있는 전쟁 박물관Bảo tàng Chứng tích Chiến tranh에 갔다. 이곳 역시 내가 호찌민 여행을 준비할 때부터 꼭 가려고 계획했던 곳이다. 베트남은 우리나라와 마찬가지로 전쟁과 식민의 아픔을 겪은 나라기 때문에 전쟁 박물관은 아이들과 방문하면 좋을 교육적인 곳이다. 이번에도 아이들이 오디오 가이드를 잘 들을 것으로 예상하고 호기롭게 오디오 가이드 네 개를 빌렸다. 저번 하노이 여행에서도 느꼈지만, 베트

남의 박물관이나 기념관에는 오디오 가이드 서비스가 잘되어 있다. 작품에 쓰여 있는 번호를 누르면 선택한 각국의 언어로 설명이 나오는 오디오. 베트남어를 아예 모르는 외국인들에게는 정말 유용한 서비스인 듯하다. 실제로 많은 관광객이 오디오 가이드를 착용하고 다녔다. 여태껏 방문했던 박물관 중에서 외국인 관광객 수가 압도적으로 많은 곳이었다. 그들도 나처럼 베트남 전쟁에 대해 많이 궁금하겠지.

정말 부끄럽지만 나는 여태껏 베트남 전쟁에 대해서 잘 모르고 있었다. 어렸을 때부터 '베트남 전쟁', '월남전' 이런 단어는 많이 들어보았고 우리나라가 베트남 전쟁에 참전했다는 사실 정도는 알고 있었는데 어떠한 개요로 전쟁이 일어났는지, 우리나라 파병군은 어느 편에 서 있었는지 전혀 모르고 있었다.

프랑스의 지배를 받던 베트남이 프랑스로부터 독립하기 위해 벌인 전쟁이 제1차 인도차이나 전쟁이고, 지금 전쟁 박물관에서 본격적으로 소개하고 있는 것이 제2차 인도차이나 전쟁이다. 이 전쟁이 바로 우리가 많이 들어봤던 월남전이다. 전쟁은 북베트남 대 남베트남 정부의 내전으로 시작했지만, 곧 미국이라는 거대한 나라가 개입하여 남베트남 편에 서서 북베트남을 폭격하게 된다. 미국은 세계평화를 약속한 제네바 협정을 무시하고 공격을 멈추지 않는다. 이 과정에서 미국은 우리나라, 뉴질랜드, 호주, 필리핀, 중국 등에 파병을 요청하고 이 나라들은 파병 요청에 응하게 된다. 파병되었던 군사의 수는 북베트남군의 수와 비교했을 때 월등하게 많았다고 한다. 내전으로 시작한 전쟁이 강대국이 끼어든 국제 전쟁이 된 것이다. 우리나라는 미국 다음으로 많은 군인을 파병했다고 한다. 이전에 미국이라는 거대한 나라의 지원을 많이 받았으니 원조 요청을 받아들여야 함이 당연했겠지만, 이유가 어찌 되었건 내 마음은 아주 아팠다.

박물관에서는 베트남 전쟁에 사용된 고엽제의 가슴 아픈 결과에 대해서도 상세히 전시하고 있었다. 전쟁 중 대량의 독성 화학물질 살포로 인해 천혜의 자연이었던 베트남 맹그로브 숲이 완전히 파괴되어 그곳에 망연자실하게 서 있는 아이의 모습부터, 고엽제 피해자 여러 명의 사진까지. 정말 처참한 모습들이라 차마 입에 담을 수도 없다. 고엽제 피해를 본 사람, 몸에 흡수되어 그다음, 그 다음다음 세대까지 몸에 기형이 나타난 아이들의 사진을 보니, '도대체 이 사람들이 무슨 죄가 있어 이런 참혹한 일을 당해야 했나….' 생각이 들어 도저히 고개를 들 수 없었다. 베트남군은 물론 전쟁에 참여했던 모든 군인이 피해를 보았고 그 여파가 후손들에게까지 전해져 아직도 고통받고 있다니, 전쟁이라는 것은 이 땅에서 없어져야 하는 게 맞는 것 같다.

전쟁 중 기자들이 찍은 사진들을 보고 있노라니 숨이 막히고 토가 나올 것 같았다. 미국은 북베트남을 상대로 약 1백만 톤이 넘는 폭탄을 퍼부어 극악무도한 학살을 자행했는데, 폭탄 중에는 맞으면 온몸이 사방으로 갈기갈기 찢겨 나가는 무시무시한 폭탄이 있다고 한다. 그 폭탄을 맞고 온몸이 찢긴 북베트남군의 시체를 어느 한 미군이 자랑스럽게 웃으며 들고 있는 사진이 있었다. 그 사진을 본 순간 정말 눈물이 났다. 전쟁도 슬프지만, 그 사진은 강대국 앞에서 힘없이 당하는 약소국의 단면을 보여주는 것만 같아 더욱 슬펐다.

전 세계적으로 다시는 이런 전쟁이 일어나지 않으면 좋겠다.

세계 각국의 여행자들이 전쟁 박물관에서 전시를 관람하고 있다

　그런데! '오늘도 잘 듣겠지.' 하고 오디오 가이드를 네 개 다 빌렸는데 높은 기온과 습도 탓인지 아이들이 중간에 빼버린다. 그도 그럴 것이 전쟁 박물관 내에 사람은 아주 많은데 에어컨 시설은 아예 없고 선풍기만 몇 대 돌아가고 있었다. 이날 기온은 36도. 조금이나마 시원한 상태에서 관람했다면 훨씬 질 높은 관람을 할 수 있었을 텐데 아쉬웠다.

　전쟁 박물관에서 나와, 더위에 지친 우리 가족을 데리고 방문한 곳은 근처의 채식 레스토랑. 전쟁 박물관에서 급하게 검색하다 리뷰가 좋아 방문한 곳이었다. 어제 호찌민에 막 도착해서는 호찌민 물가 비싸다고 난리였던 나는 오늘 점심에 제대로 플렉스 해버렸다. 이 레스토랑의 주요 메뉴들은 채소를 이용하여 맛깔스럽게 만든 베트남 요리들이었다. 맛이 아주 깔끔해서 특히 엄마가 좋아하셨다. 우리 엄마를 만족시켜 드리기 위한 신의 한 수였던 점심이다!

채식 레스토랑에서의 식사는 기대 이상으로 맛있었다

오늘의 돈

쿱마켓 (Coop market) : 53만 동
전쟁 박물관 : 입장료 10만 동, 오디오 가이드 32만 동
식당 (CHAY Garden) : 60만 동
쿱마켓 (Coop market) : 10만 동 (숙소로 돌아오는 길에 또 갔다.)
총 165만 동 (약 9만 원) 지출

숙소 옆의 쿱마켓은 호찌민에 많이 있는 대형 마켓으로 주로 현지인들이 이용하고 있었다. 과일, 채소, 고기, 과자, 여러 생필품 등 거의 모든 것을 다 팔고 있었다.

나는 요거트를 즐겨 먹는 사람이 아니다. 그에 반해 우리 친정엄마께서는 평소에 요거트를 잘 드시는 분이라 베트남 여행 내내 요거트를 잘 챙겨 드셨다. 엄마가 드시는 요거트를 나도 한 번 먹어보았는데 정말 맛있었다! 여행 중에 영양 보충할 게 별로 없어서 내 몸이 그리 반응했던 것인지는 모르겠지만, 호찌민에서 먹는 No-sugar 요거트는 고소하고 맛있어서 호찌민 여행 내내 1일 1요거트 했다.

마트에서는 항상 건망고와 견과류 등을 팔고 있어서 이것 역시 잘 사다 먹었다. 특히 껍질 있는 캐슈너트 맛이 일품이다. 여태껏 껍질이 까진 캐슈너트만 먹어 본 나로서는 껍질 있는 캐슈너트가 신세계였다.

호찌민의 아름다운 건축물

오늘은 호찌민의 대표적인 콜로니얼 양식의 건축물, 바로 사이공 우체국 Bưu điện trung tâm Sài Gòn, 노트르담 성당Nhà thờ Đức Bà Sài Gòn, 인민위원회 청사Ủy ban Nhân dân Thành phố Hồ Chí Minh, 오페라 하우스Nhà hát Thành phố Hồ Chí Minh 등을 가 볼 생각이다.

간단한 아침을 먹은 후 호텔의 셔틀버스를 타고 사이공 우체국으로 갔 다. 사이공 우체국은 현재 베트남에서 가장 큰 우체국으로 프랑스 식민 시 절 건설되었다. 놀랄만한 사실은 이 건축물을 우리가 익히 들어본 구스타 프 에펠Gustave Eiffel[24]이 설계했다는 사실이다! 첫 여행 도시였던 하노이에서 도 구스타프 에펠이 설계한 롱비엔 다리를 봤던 터라 아주 반가웠다.

오래된 우체국이라 기념관적인 역할만 하고 있을 줄 알았는데 현재까지 도 우체국의 기능을 하고 있다고 한다. 높다란 아치형의 천장과 넓은 공간.

24　프랑스의 에펠탑을 건립한 건축가

이게 1800년대의 우체국이라니! 규모에 놀랐고 아름다움에 놀랐다. 정면에는 베트남의 영웅 호찌민의 사진이 대문짝만하게 걸려 있었다.

평소 같으면 아이들과 함께 소소하게 기념 엽서를 써서 한국에 홀로 있는 남편에게 부쳤겠지만, 그러기에는 호찌민의 기온이 너무 높았다. 어느 장소에 가도 에어컨 빵빵한 말레이시아나 싱가포르와는 달리 베트남에서는 에어컨이 빵빵하게 틀어진 장소를 보기가 굉장히 어려웠다. 아니, 에어컨이 약하게 틀어져 있는 경우도 매우 드물다. (관광객을 대상으로 하는 전문 식당은 제외) 물론, 더운 여름에 에어컨을 필요 이상으로 사용하는 건 나로서도 반대다. 인류가 지구의 천혜 자원을 이용하여 발전해 온 만큼 이제는 우리가 지구를 보호해야 한다는 생각이 커서다. 36도에 육박하는 매우 더

아름다웠던 사이공 우체국 내부

운 날씨에 사이공 우체국도, 어제 갔던 전쟁 박물관도 에어컨은 켜져 있지 않았다. 평소에 강한 에어컨 바람을 싫어하고 지구 환경에도 관심이 많은 나조차도 너무 더워서 '바람이라도 불었으면….' 하고 생각하게 만든 호찌민이다!

사이공 우체국을 나오니 바로 노트르담 성당이 보였다. 이 성당은 지난 9월에도 공사 중이라 외관을 보기 힘들었다고 들었는데 6개월이 지난 지금도 공사 중이다. 중요한 건물이다 보니 보수 공사를 굉장히 신중하게 하는 듯하다. 외관을 제대로 볼 수 없어 아쉬웠지만, 자국의 문화재를 소중히 보수하려는 그들의 마음을 존중해 주기로 했다.

콜로니얼 양식의 건물인 인민위원회 청사

호찌민의 대표적인 거리인 동커이Đồng Khởi 거리를 지나 오페라 하우스와 인민위원회 청사를 구경했다. 호찌민은 확실히 깔끔했다. 여타 다른 베트남의 도시에 비해, 특히 하노이에 비해서 말이다.

아침에 셔틀버스를 타고 사이공 우체국까지 간 후부터는 계속 걸어 다녔다. 우체국에서 오페라 하우스, 인민위원회 청사, 수상 버스를 예약하러 간 선착장, 호찌민 미술관까지. 미술관에 도착하니 벌써 9,000보를 찍었다.

여행지에서 호기심 가득히 구경하다 보면, 다리가 아픈 것은 까맣게 잊어버릴 정도다. 여행지에서도 차만 타고 구경하는 편한 여행은 싫다. 내 튼튼한 다리로 골목 구석구석까지 탐방해 보고 싶은 욕구! 실은 나는 오늘도 내내 걸어 다닐 자신이 있었다. 하지만, 나의 이 열정 때문에 우리 친정엄마와 아이들은 더위에 익을 것 같다며 빨리 좋은 레스토랑을 가자고 난리였다. 엄마와 아이들은 호찌민 미술관에서 전투력을 완전히 상실한 채 1층에 앉아만 있겠다고 했다. 하는 수 없이 나 혼자서 호찌민 미술관을 관람했다.

이 건물도 커다란 리노베이션 없이 예전 모습 그대로 관리하는 듯했다. 덕분에 프랑스에 온 듯한 느낌이 들 정도였다. 미술관은 내가 보았던 베트남 건물 중에서 가장 아름다웠던 건축물이었다. 미술관 안의 중정과 건물이 참 예뻤다. 미술관 통로에 아름다운 타일이 깔려 있어서 더욱 이국적인 느낌을 받았다.

가족들의 성화에 미술관을 빠져나와 근처의 깔끔한 레스토랑에 들어갔다. 실은 로컬식당에서 식사하고 싶었지만, 친정엄마를 생각해서 좋은 곳으로 가기로 했다. 사람들이 많았던 로컬식당에 비해 우리가 간 레스토랑은 손님이 한 사람도 없었다. 어제 갔던 전쟁 박물관 근처의 채식 레스토랑에서 정말 만족스러운 식사를 했기 때문에 그 느낌을 기대하고 찾은 곳인데 음식에 대한 큰 감흥은 없었다. 그래도 우리 가족이 에어컨이 나오는 시원한 곳에서 식사했다는 것에 만족하기로 했다.

베트남 여행자들의 인터넷 카페에 가면 필수로 사와야 한다는 약국 제품 리스트가 있다. 하노이, 다낭에서는 짐의 부피 때문에 약국에 들를 생각조차 하지 않았지만, 호찌민에서는 '나도 뭐 살 게 있으려나.' 하고 들어갔다. 한가한 약국 안에는 유리 가판대에 약들이 아주 조금씩 진열되어 있었다. 나는 이곳에서 베트남 여행 기념으로 밴드[25]와 스트렙실[26], 비판텐 밤[27]을 구매했다. 한국에 돌아온 후, 이 약국 제품들을 아주 요긴하게 잘 쓰고 있다.

내가 구매한 실용적인 약국 제품들

25 베트남산 탄력 밴드가 가격 대비 품질이 우수하다고 한다.
26 한국의 약국에서 구매할 수 있는 스트렙실과는 성분이 다르다. 한국의 스트렙실이 진통소염제 성분인 것에 반해, 베트남의 스트렙실은 항염증 성분이다.
27 한국의 약국에서는 비판텐 '연고'만 구매할 수 있고 이보다 더 묵직한 형태인 '밤' 종류는 구매할 수 없다.

호찌민에 와서 꼭 하고 싶었던 것은 전쟁 박물관 관람과 근교 투어. 전쟁 박물관은 어제 잘 관람했고, 이제 호찌민 근교 투어를 예약해야 한다. 내가 해 보고 싶었던 투어는 메콩강에서 배를 타고 수상 시장을 구경하는 것이 었는데, 많은 여행자가 이 투어가 이동시간은 매우 길고 실제로 메콩강에서 배를 타는 건 몇 분 되지 않아 기대에 못 미쳤다는 평을 해서 이 투어는 과감히 배제했다. 대신 이동시간이 편도 한 시간 남짓으로 그나마 짧은 껀저Cần Giờ 투어를 예약하기로 했다. 껀저는 호찌민시에 소속된 곳으로 맹그로브 숲이 울창하게 있고 원숭이들이 많이 서식하고 있다고 해서 내심 기대가 되었다. 이곳의 맹그로브 숲은 베트남 전쟁 당시 군인들의 은신처 역할을 했다고 한다.

부이비엔Bùi Viện 여행자 거리에 있는 한 여행사에서 껀저 투어를 예약했다. 아이들은 키에 따라 요금이 할인되어 가격이 저렴했다. 첫째 아이는 원래 가격의 75%, 둘째 아이는 50%의 가격만 지불하면 되었다. 이럴 땐 우리 쪼꼬미들이 키가 그리 크지 않아서 감사할 따름이다.

사이공 수상 버스는 호찌민에 도착한 후 검색을 통해 알게 되었는데 이걸 타기 참 잘한 듯하다. 사이공강 건너편에 사는 현지인들은 수상 버스를 교통수단으로 활용하고 여행객들은 관광 수단으로 활용한다. 관광객인 내가 언제 현지인의 삶으로 들어가 보겠는가. 시간이 한정되어 있으니 대부분은 관광지를 먼저 보게 되는 것이 현실이지만, 여행에서 이처럼 우연히 소중한 정보를 발견하게 되면 무척 행복하다.

역시 에어컨 없는 수상 버스. 에어컨은 없었지만 바람이 살랑살랑 불어서 편하게 호찌민의 높은 빌딩들을 감상할 수 있었다. 구름 한 점 없는 맑은 하늘 사이로 쭉 늘어서 있는 마천루가 햇빛에 반짝거리고 있었다. 재작년에 우리 가족이 놀러 갔던 부산에서도 요트를 타고 해운대에 늘어서 있는 고층 건물을 구경했었는데. 딱 그 느낌이다. 그때도 정말 좋았다. 우리는 박당 선착장Bến tàu Bạch Đằng에서 약 30분가량 떨어져 있는 탄다Thanh Đa 섬까지 가보기로 했다.

탄다 섬에서 현지인의 삶을 엿볼 수 있었다

와! 호찌민 속이지만 전혀 다른 세계다. 탄다 섬에 내리니 찐 로컬의 세계가 펼쳐졌다. 배를 타고 도착한 곳이라 더 새로웠을까? 서민들이 사는 5층짜리 복도식 아파트도 보이고, 작은 상점들도 보이고. 실은 아파트에 들어가 보고 싶었지만, 현지인에게 피해를 주면 안 되기 때문에 최대한 내 눈에 담았다. 베트남 사람들도 국기를 엄청나게 사랑하는지, 아니면 공산주의 국가라 그런지 모르겠지만 집집마다 베트남 국기가 걸려 있었다. 탄다 섬은 그야말로 현지인들만 사는 작은 마을이었다. 여행객은 우리밖에 없었다. 작은 길을 따라가다 보니 왠지 맛이 좋을 것만 같은 카페가 나타났다. 젊은 청년이 하는 조그마한 카페인데 분위기가 상당히 좋았다. 카페 쓰어다와 마일로Milo 초코우유, 망고 패션프루트 스무디를 시켜 먹었다. 더운 날씨에 시원한 음료와 함께하니 정말 행복했다. 시간만 허락한다면 이 섬을 다 돌아다녀 보고 싶었지만, 미리 예매해 둔 수상 버스 시간에 맞춰서 다시 선착장으로 걸어갔다. 탄다 섬에 머무른 시간은 비록 한 시간 남짓으로 아주 짧았고, 그곳은 관광지도 화려한 동네도 아니었으나 호찌민 여행의 숨겨진 보석이라 할 만큼 이곳이 내 기억에는 아주 많이 남을 것 같다.

다시 수상 버스를 타고 박당 선착장으로 향했다. 돌아가는 길에도 역시 멋진 풍경을 감상했다. 지금도 그 풍경이 내 머릿속에 떠오를 만큼 생생하다. 시원한 바람과 유유자적 가고 있는 수상 보트, 그리고 하늘 높이 솟은 멋있는 빌딩. 좋다. 그냥 이유 없이 좋다. 지금, 이 순간만큼은 아무 생각 없이 즐기고 싶다.

그랩을 타고 도착한 곳은 3군에 위치해 있는 껌땀^{Cơm Tấm28} 식당. 숯불로 돼지갈비를 구운 후 바로 밥에 얹어 준다. 달짝지근한 맛이라 특히 아이들이 좋아했다. 순두부 조갯국과 모닝글로리 피클을 사이드로 시켜 먹었는데 그 맛이 일품이었다.

호찌민에도 핑크 성당이 있다. 바로 떤딘 성당^{Nhà Thờ Giáo Xứ Tân Định}으로 껌땀 식당과 가까이 있어서 지나가는 길에 한 번 둘러보았다. 성당이 분홍색이라니. 우리나라에서는 이렇게 화사한 성당을 볼 수 없어서 그런지 성당 외관이 참 예뻐 보였다.

매우 더운 날씨였지만 덥다는 사실을 잊을 정도로 알차게 호찌민 시내와

---

28 우리나라의 양념 돼지갈비 같은 음식으로 남부 베트남에서 많이 먹는다.

아름다운 떤딘 성당

외곽을 구경했다. 아침 아홉 시에 호텔에서 나와서 저녁 여섯 시에 도착했다. 호찌민은 분명 하노이와 다른 매력이 있는 도시다. 첫날에는 '뭐지? 서울이랑 비슷해…. 물가도 비싸….' 이랬는데 역시 사람은 적응의 동물이다. 특히 오늘 저녁밥이 정말 맛있어서 더 기분 좋은 듯하다. 여행 중 더없이 행복한 하루였다.

오늘의 돈 1000

사이공 수상 버스 : 12만 동
미술관 : 7.5만 동
식당 (MOMO restaurant) : 52.7만 동
약국 : 31.8만 동
껀저 투어 예약 (NGOC MAI travel) : 221만 동 (약 11만 원)
그랩 (부이비엔 여행자 거리-)박당 선착장) : 3.6만 동
카페 (Quán Nhà Minh) : 9.5만 동
그랩 (박당 선착장-)식당) : 4.2만 동
식당 (Cơm Tấm Bụi Sài Gòn) : 26만 동
총 368.3만 동 (약 20만 원) 지출

국토가 긴 J자 모양을 한 베트남은 우리나라보다 약간 아래쪽에 위치해 있다. 그런 까닭에 위도가 상대적으로 높은 북부 베트남의 경우, 사계절이 존재하고 중부, 남부로 갈수록 아열대 기후가 나타난다. 다양한 위도에 걸쳐 있으므로 지역마다 우기, 건기의 시기도 다르고 기온도 다르다. 이 점이 특이했다. 따라서 북부와 남부의 문화 차이가 대단히 클 것이라는 생각도 들었다.

분명 하노이에서는 우리나라 늦가을 정도의 쌀쌀함이 있어서 여행하는 내내 긴 팔, 긴바지를 입고 다녔다. 베트남에서는 영상 10도 이하로 내려가기만 해도 패딩을 꽁꽁 껴입고 덜덜 떤다고 들었다. 영상 10도면 우리 기준으로는 조금 쌀쌀하다 정도인데 말이다. 그리고 중부 다낭-호이안으로 내려오니, 더운 여름 날씨를 느꼈다. 그다음 방문한 호찌민에서는 36도라는, 보통 한국에서는 경험할 수 없는 기온을 내내 느끼게 되었다. 햇볕은 정수리를 태워버릴 만큼 세게 내리쬐고 있었고, 가만히 서 있어도 땀이 줄줄 흘러내리는 정도였는데, 보통의 호찌민 식당이나 박물관은 에어컨이 없었고 선풍기만 돌아가고 있었다.

우리나라도 30~40여 년 전 한창 발전하기 시작할 무렵, 많은 곳에는 에어컨이 없었고 선풍기로 여름을 보냈는데 딱 그 시기 같았다. 그 시절 우리나라 사람들은 에어컨이 없으면 없는 대로 손부채 부쳐가며 여름을 났을 것이다. 베트남인들도 에어컨이 대중화되어 있지 않은 시점이라 아무리 더워도 에어컨이 없다는 사실에 크게 개의치 않는 모습인 걸까? 1년 내내 여름이기 때문에 웬만한 높은 기온에는 어느 정도 익숙한 모습인 걸까? 지난 여름에 방문했던 말레이시아도 1년 내내 여름인 나라라 밖에서는 무지막지하게 더웠지만, 베트남과는 달리 어느 쇼핑몰이나 식당에 들어가도 에어컨을 너무 세게 틀어 놓아 오히려 추웠던 경험이 있다.

나는 이런 생각을 해 본다. 기온이 너무 높아서 쓰러질 정도가 아니라면, 이제 자연의 섭리에 따라 더우면 자연스럽게 더움을 즐겨보면 어떨까. 사람마다 체질이 다르겠지만 이 정도 무더위는 에어컨 없이도 참을 만하다고 생각하니 아무리 36도라고 해도 견딜 만했다. 물론 땀이 많이 났지만, 왠지 모르게 내 안의 노폐물이 다 빠져나가는 느낌이라고나 할까. 가정마다, 기관마다, 식당마다 모두 에어컨을 필요 이상으로 틀어대면 잠시 잠깐 우리 인간들이 편할 수는 있겠지만 장기적으로 지구의 미래를 생각해 봤을 때 이게 과연 옳은 것일까? 인간의 편리를 추구하려다가 자연이 너무 많이 파괴되어 도리어 큰 화를 입을 수도 있겠다는 생각이 든다.

자연의 섭리를 즐긴다는 것. 요새 많은 공공기관에서 지구 환경을 위해 여름철 에어컨 적정 온도를 25도 이상으로 정하고 있는 만큼, 우리 모두 에어컨 사용을 최소화해야 한다는 게 나의 의견이다.

혼자서 룰루랄라 자유 관광

어제 정보를 검색해 보다가 우연히 접하게 된 후띠우^{Hủ Tiếu}. 호찌민이 예전에는 캄보디아 땅에 속해 있었던 적이 있었다고 한다. 그래서 생겨난 캄보디아식 쌀국수라고 생각하면 되겠다. 캄보디아의 수도 프놈펜을 베트남 사람들은 남방^{Nam Vang}이라고 부른다. 그래서 후띠우 남방^{Hủ Tiếu Nam Vang}이라고도 한다.

아이들이 아직 잠들어있는 새벽 여섯 시. 엄마와 나는 둘만의 아침 데이트를 하기로 했다. 바로 후띠우 식당에 가서 얼른 후루룩 먹고 오는 것이다.

아침이라 그리 덥지 않고 선선했다. 가는 길에 한 초등학교를 발견했다. 이른 아침부터 아이들을 학교에 데려다주는 풍경이 정겨웠다. 대부분 오토바이로 데려다줘서 학교 앞은 아이들과 부모님, 부모님이 가져온 오토바이로 인산인해였다.

아이들과 그들을 태우고 온 오토바이로 혼잡했던 한 초등학교 앞

내가 가려는 식당은 현지인들이 사는 주택가에 자리 잡은 작은 식당이다. 큰길 가까이에 있는 식당이 아니다 보니 골목길 사이로 들어가 찾는데 애를 조금 먹었다. 식당에 도착하자 주인아주머니가 세상 온화한 미소로 우리를 반겨주셨다. 우리가 시킨 국수는 후띠우 느억$^{Hủ Tiếu Nước}$[29]과 후띠우 코$^{Hủ Tiếu Khô}$[30]. 보통 소고기와 고수, 쪽파가 들어가는 하노이식 쌀국수와는 또 다른 느낌인데, 일단 재료에 힘을 많이 썼다. 쌀국수에는 새우, 고기, 채소, 어묵 등의 고명이 올려져 있고, 덤으로 돼지갈비 탕이 나온다. 아이들

29 육수가 있는 남부식 쌀국수
30 국물 없이 나오는 남부식 쌀국수

도 좋아할 호불호 없는 맛이다. 둘이서 맛있게 한 그릇 뚝딱했다.

이곳에서 먹었던 후띠우 맛은 잊을 수 없다

호텔로 가는 길에 어제 지나갔던 떤딘 성당을 또 만났다. 이 성당 앞에는
콩 카페Cộng Cà Phê가 있다. 이곳은 베트남을 상징하는 카페라고 해도 과언
이 아닐 정도로 베트남 여러 곳에 있는 체인으로 베트남에서는 스타벅스보
다 자국의 커피 전문점인 콩 카페가 더 인기라고 한다. 그 유명한 콩 카페
를 16일 차에 가게 되다니! 그래도 방문했다는 것에 나에게 손뼉을 쳐 주고
싶을 정도다. 이른 아침이라 카페인 걱정은 안 해도 될 것 같아 유명한 코
코넛 커피를 시켜 먹어보았다. 베트남은 코코넛 커피도 유명하다더니, 참
달고 맛있다. 이 카페에는 아예 한국말로 된 메뉴판도 있었다. 핑크 성당이
훤히 잘 보이는 콩 카페 2층에서 엄마와 즐거운 시간을 보냈다.

떤딘 성당 앞의 콩카페.

긴 여행 기간으로 지쳐 있는 엄마와 아이들은 오후까지 호텔에서 쉬는 시간을 갖기로 하고 나 혼자 열 시쯤 호텔을 나섰다.

어머나…. 혼자 움직이니 발걸음이 더욱 가볍다. 가고 싶은 곳도 내 마음대로 성큼성큼 걸어가니 일정이 착착 잘 진행된다. 혼자 돌아다니면서 25,000보를 걸었다. 아이들과는 꿈도 못 꿀 걸음 수다. 이래서 누구랑 여행하든 혼자만의 시간은 꼭 필요하다고 생각한다. 그래야 서로에 대한 소중함도 더 느껴지는 것 같다.

나 혼자만의 자유시간의 첫 장소는 사이공 우체국 옆의 책방 거리. 사이공 우체국 옆에는 관광객을 대상으로 하는 책방 거리가 아주 짧게 있는데 책을 좋아하는 이들이라면 한 번쯤 방문해 봐도 좋을 장소다. 베트남어로 된 책들도 있었지만, 관광객을 대상으로 하는 책방 거리다 보니 영어로 된 책들이 많았다. 초입에서 조금 더 들어가니, 어떤 서점에 선간판이 세워져 있다.

"JUST READ IT!"

(그냥 읽는 거야!)

많이 와 닿았다. 어려서부터 책을 가까이하면서 살고 싶었다. 내가 어린 시절을 보냈던 지방의 한 소도시에는, 내가 어렴풋이 기억하기로는 시립도서관이 딱 한 곳 있었다. 따로 어린이실이 존재했던 것 같지도 않다. 지금이야 동별로, 구별로 어린이 도서관을 비롯한 많은 도서관이 존재하지만 내가 자랄 때만 해도 주변에 도서관이 없었다. 엄마는 내가 어렸을 때 집에서 먼 도서관에 나를 데리고 가지 못하셨다고 한다. 그 시절에는 차가 없어서 이곳저곳을 자유롭게 갈 수도 없었거니와, 무엇보다 집에서 남동생과 나 이렇게 두 명을 한꺼번에 돌보기도 힘들었을 터. 그래서 그때는 이따금 집에서 가까운 서점에 가서 책을 읽거나 집에 그나마 있던 동화책들을 닳고 닳도록 많이 읽었던 기억이 있다. 어쩌면 나는 그때부터 다양한 책이 존재하는 곳을 갈망했는지도 모른다. 책은 내가 아이들을 키울 때 중심으로 여기는 하나의 지표이기도 하다. 내가 주말마다 아이들과 같이 도서관에 가는 가장 큰 이유다. 책을 억지로 읽히지 않고, 책을 읽고 무슨 대단한 독후활동을 하지 않고. 그냥 내 방식대로 책 읽기. Just read it!

아이들이 좋아하는 윔피키드, 나무집 시리즈도 보이고…. 아직 우리 아이들은 이런 원서 동화를 읽을 정도로 영어 수준이 높지 않아서 그 책을 사진 않았지만, 원서를 잘 읽는 어린이들이라면 기념 삼아 한 권씩 사주는 것도 여행 중 하나의 추억이 될 듯하다. 보드게임도 여러 종류 있어서 우리 아이들이 같이 왔다면 아주 좋아했을 것 같았다.

책방 거리를 나와 노트르담 성당 쪽으로 가니 맞은편에 성당 서점이 있었다. 이곳은 가톨릭을 믿는 신자들을 위한 서점으로 보였다. 들어가 보니 어린이를 위한 성경 동화를 비롯해 성당에 관련된 책이나 기념품 등이 있었다. 구경하는 재미가 쏠쏠했다.

Just read it! 책방 거리

    관광객은 나 혼자고 모든 고객이 현지인이었던 가톨릭 서점을 나와 통일궁으로 향했다. 이곳은 남베트남의 대통령궁으로 사용되었던 곳이고 베트남 남북전쟁이 끝난 뒤 남북통일이 선언되었던, 역사적으로 아주 중요한 곳이라서 혼자서라도 꼭 방문해 보고 싶었던 곳이다. 비록 날씨는 시원하지 않았지만, 시원하게 내리 떨어지는 분수가 나를 반기는 듯했다. 통일궁 내부 역시 에어컨 시설이 되어 있지 않고 자연통풍으로만 바람이 통했다. 발코니 앞에 서 있으니 마음만큼은 시원해지는 듯했다. 전쟁 박물관을 방

문했을 때만큼이나 더운 날씨였지만, 통일궁 건물이 워낙 크고 시야가 충분히 확보되어 있어서 피로도가 덜했다. 통일궁 앞으로 멋지게 뻗어 있는 거리도 참 웅장하더라. 거리 옆으로는 큰 공원이 있었다. 이런 공원에서 돗자리 깔고 한가롭게 책을 보거나 휴식을 취해도 좋겠다. 통일궁 역시 호찌민 여행의 필수 코스라 그런지 관람객들이 많았다. 또 대통령궁 주변으로 정원과 놀이터, 카페들이 있어서 잠시 쉬어가기에도 안성맞춤인 곳이었다. 그러나 나는 엄마 없이 있을 아이들 생각에 쉬지 않고 열심히 걸었다.

미세먼지 하나 없었던 날의 통일궁

하노이에서부터 베트남 음식의 상징이라 할 수 있는 맛있는 반미를 찾아 계속 헤맸었다. 하지만 인생 최초의 반미는 접해보았으나, 인생 최고의 반미를 아직 못 찾은 것 같다는 생각이 들었다. 그래서 호찌민의 반미 맛집이라는 곳을 검색해서 열심히 걸어가기 시작했다. 이것저것 구경하면서 가다 보니 지루할 틈 없이 정말 재미있었다. 가는 길에는 따오단 공원Công viên Tao Đàn이 있었다. 공원 대지가 넓고 잘 꾸며진 정원이 아름다워서 오래 있고 싶다는 생각이 들었다. 그러고 보니 호찌민에는 큰 공원이 참 많다. 비록 이야기할 사람은 없었지만, 가끔은 이렇게 혼자서 씩씩하게 걸어 다녀보는 것도 나쁘지 않다.

비로소 도착한 반미가게. 휴, 걷는 걸 좋아하는 나지만 많이도 걸었다. 3군에 있는 우리 호텔에서 거의 벤탄 시장Chợ Bến Thành 근방까지 걸어왔으니 많이 걸었지. 한눈에 봐도 저기 맛집이 있다는 걸 알 수 있을 정도로 줄이 늘어선 가게가 있었다. 일단 대기 줄로 보이는 줄에 서서 반미 만드는 모습을 유심히 지켜보았다. 커다란 유리통 안에 재료들을 쌓아두고 여러 명이 분업해서 무심한 듯 반미를 열심히 만들었다. 재료들이 각각의 통이나 그릇 안에 놓여 있지 않고 그냥 유리통 내부에 겹겹이 쌓아져 있는 걸 보고 '그래, 베트남에서는 위생 따윈 눈 감아야지!'라는 생각을 잠시 했다. 여기는 햄 종류만 무려 대여섯 개. 반미 맛집이라는 정보만 알고 있었지 햄이 저렇게 많이 들어간다는 정보는 몰랐기에 조금 놀랐지만, 일단은 한 개

유명한 반미가게에는 그랩기사용 줄이 따로 있었다.

만 사보기로 했다. 베트남 물가로 68,000동이면 비싼 축이라 그런지 손님은 죄다 외국인들이었다. 한 개를 포장해서 나오니 이번엔 옆 가게에 그랩 기사들이 줄지어 서 있다. 간판을 보니 같은 간판이다. 내가 그쪽으로 다가가서 사진을 찍자 그랩 기사 중 한 명이 나보고 저쪽에서 사라고 알려준다. 내가 모르고 그랩 기사용 가게로 온 줄 안 모양이다. 친절하기도 해라. 이렇게 베트남 사람들은 무뚝뚝한 표정 속에 정이 있는 사람들이다.

커다란 반미 한 개를 들고 가게 옆 테이블에서 먹을까 말까 고민하다, 아이들 생각에 다시 3군에 있는 우리 호텔로 걸어갔다. 룰루랄라. 휘파람이 절로 나오는 나 혼자만의 자유여행! 20,000보쯤 걸었을 때도 전혀 힘들지 않았다. 왜 그럴까? 이유는 밝히지 않겠다.

호텔에 돌아와서 가족들이랑 거대 사이즈의 반미를 사이좋게 나눠 먹었다. 그럼에도 배부를 정도로 크던 반미. 내게 최고는 아니었다. 익히지도 않은 가공된 상태 그대로의 햄이 해도 해도 너무 많았기 때문이다. 무엇보다 이 반미를 먹고 나는 계속 화장실을 들락날락했다. 그 유명한 반미 집의 위생을 직접 똑똑히 경험해 버렸다.

조금 쉬다가 저녁에는 가족들과 함께 호찌민의 큰 시장인 벤탄 시장으로 갔다. 하노이에 동쑤언 시장, 다낭에 한시장이 있다면, 호찌민에는 벤탄 시장이 있다. 뭐 하나 기념으로 살까 하다가 마음에 드는 물건이 없어서 사지 않았다. 벤탄 시장 앞에서 자전거에 망고스틴을 싣고 와서 파는 아주머니가 있어서 망고스틴만 구매했다. 애교를 부리면 한두 개 더 줄까 싶어 물어봤더니 절대 안 된단다. 더 달라고 애원하는 자와 더 주기를 꺼리는 자의 기 싸움이다. 승자는 물론 망고스틴 아주머니다. 마지막에 '옜다!' 하는 표정으로 두 알을 더 넣어주었는데 심각하게 썩은 것들이었으니까.

오페라 하우스 앞에서 웨딩포토를 찍고 있는 베트남 커플

호이안에서 테다쇼를 보고 완벽한 공연이라 정말 감동했었는데 같은 룬 프로덕션에서 진행하는 아오쇼A-O-Show는 어떨지 기대가 되었다.

입장하기 전에 웰컴 음료수를 제공해 주는 걸 보니 정말 고급스러운 쇼

맞다. 나는 1층에 있는 좌석 중 앞에서 다섯 번째의 좌석을 구매했다. 그런데 좌석별로 경사도가 거의 없어서 아이들은 아동용 방석을 한 개씩 깔고 봐야 했다. 우리가 먼저 와서 좌석에 앉아 있는데 우리 바로 앞자리에 키가 큰 서양인 노부부가 앉았다. 나는 이 노부부 때문에 우리 아이들이 공연을 볼 때 조금 지장이 있을 것이라는 생각을 잠시 했다. 그런데 이 부부가 우리 아이를 생각해서 본인이 불편한 자세로 키를 낮춰 앉으시더라. 그 모습이 정말 감동적이었다. 배려해 주셔서 감사하다고 했더니 아주머니께서 본인도 예전에 이런 상황 때문에 불편했었다면서 싱긋 웃어 주셨다. 서로를 향한 이 작은 배려. 참 감사했다.

개인적인 의견으로는 호이안의 테다쇼 압승이다! 같은 회사에서 하는 두 개의 쇼를 본 것이기도 했고, 완성도도 호이안에서 봤던 쇼가 더 높았다.

아오쇼가 끝난 후 공연자들과 단체 사진을 찍을 수 있다

쇼를 보고 나오니 둘째 아이가 또 걸을 것이 두려웠던지, 바로 앞에 서 있는 시티투어버스를 타고 싶다고 했다. "그래, 그러자!" 이제 여행이 막바지에 다다르기도 하여 조금 편하게 여행해 볼까 싶었고, 밤에 보는 호찌민은 어떨까 궁금하기도 했다. 시티투어버스를 타고 호찌민의 여러 명소를 다시 보니 새로웠다. 특히 밤에 보는 인민위원회 청사는 너무나도 아름다웠다. 이래서 사람들이 이곳을 낮에도, 밤에도 와보라는 말을 했었구나. 버스는 다리를 타고 호찌민의 7군 입구까지 갔다가 다시 되돌아왔다. 다리에서 보는 호찌민의 큰 빌딩도 멋졌다. 어제 수상 버스에서 본 건물이지만 밤에 보니 느낌이 달랐다. 또 하나 재미있었던 점은, 누가 봐도 한국인이 사장인 것 같은 고급스러운 한국 음식점과 한국 의료진의 성형외과 병원이 있었던 것. K푸드와 K뷰티가 이곳 호찌민까지 진출하였구나! 시티투어버스를 타지 않았다면 발견하지 못했을 것 같은 곳이다. 원래 시티투어버스를 타려던 생각이 없었던지라 기대 이상의 감동을 하고 내렸는데 우리 작은아이는 별로 재미없었단다. 쳇, 자기가 타자고 해 놓고 말이다.

오늘의 돈 🏦

식사 (Sa Đéc Quán) : 8만 동

간식 (길거리 미니 반미) : 1.3만 동

카페 (Cộng Cà Phê) : 12.4만 동

쿱마켓 (Coop market) : 16.3만 동

통일궁 : 입장료 6.5만 동

간식 (Bánh Mì Huynh Hoa) : 6.8만 동

쿱마켓 (Coop market) : 8.3만 동 (숙소로 돌아오는 길에 또 갔다.)

과일 (벤탄 시장 앞 노점) : 10만 동

시티투어버스(Hop on off) : 50만 동

총 119.6만 동 (약7만 원) 지출

껀저 투어, 원숭이 공포 체험의 날

오늘은 베트남 여행의 대미를 장식할 껀저 투어가 있는 날. 아침 7시 30분까지 부이비엔 여행자 거리의 여행사로 오라고 해서 간단히 아침을 먹고 출발했다.

하노이 닌빈 투어 때와 마찬가지로 리무진 버스가 여러 호텔을 돌며 손님들을 태웠다. 호텔이 1군에 있었으면 우리 호텔까지도 직접 픽업을 왔을 테지만 우리 호텔은 3군에 있는 관계로 직접 여행사 앞으로 갔다. 손님들 픽업을 거의 한 시간가량 다니니 벌써 지치기 시작했다. 그냥 한 장소에 모두 모여 다 같이 출발하면 더 효율적일 텐데. 맨 처음 버스에 탄 사람은 시간 낭비를 제대로 하는 셈이다.

베트남식 영어를 구사하는 가이드의 설명을 들으며 출발!

호찌민 직할시에 속해 있는 껀저 섬은 베트남 전쟁 때 수중 아지트의 역할을 했던 아주 중요한 곳이고 울창한 맹그로브 숲과 함께 수많은 원숭이가 거주하고 있다고 한다. 미국식 영어도 귀 기울여 들어야 이해가 되는데 베트남식 발음이 섞인 영어를 들으니 가이드의 영어 구술력이 아무리 유창하다 한들, 이해하기가 어려웠다. 처음에는 집중하며 머릿속으로 이리저리 번역해서 이해하려고 했지만, 점점 집중력이 흐려져 바깥 풍경만 보면서 갔다.

호찌민시 외곽 쪽으로 가니 건물의 높이부터 차이가 난다. 훨씬 더 서민적이고 시골스러운 풍경. 나는 이런 곳을 와보고 싶었다. 이번에는 비록 버스를 타고 지나갔지만, 혹시라도 나중에 다시 오게 된다면 이런 외곽의 거리도 마음껏 걸어 보리라.

버스는 내륙을 달리고 달려 한 선착장에 도착했고, 그곳에서 많은 차가 배에 올랐다. 강을 건너가야 하는구나. 그대로 버스 안에 있으면 버스 자체가 배에 탑승하는 거라 우리가 내릴 필요가 없어서 좋았다. 10여 분 만에 반대쪽 육지로 도착했고 버스는 또다시 달리기 시작했다.

처음 내린 곳은 바다가 보이는 한 호텔의 카페. 원래 일정대로라면 원숭이 섬에 가야 하지만 현재 시기는 오후에 가야 원숭이 섬 투어를 할 수 있다고 들었다. 아마도 물이 차고 빠지는 시기가 있어서 그런 듯하다. 새로 지어진 호텔 내에 있는 카페. 베트남의 멋을 살린 예쁜 호텔에는 숙박객이 한 명도 없는 듯했다. 과연 운영될까? 아휴, 이런 생각부터 하는 걸 보니 나도 속세에 물이 제대로 들었다. 멀리 보이는 바다를 보며 천진난만하게 그네를 타는 우리 아이들처럼 좀 더 순수해져 보면 안 되겠니. 그곳에서 잠깐 휴식을 취했다. 그리고 간 곳은 점심을 먹기 위한 식당이었다.

이 여행사를 통해 껀저 투어를 신청했다는 어떤 한국인의 후기에서, 점심 식사가 굉장히 맛있었다는 걸 보았기 때문에 식사가 무척 기대되었다. 우리나라의 매운탕 종류와 해산물, 모닝글로리가 주메뉴였는데 우리 엄마를 비롯한 어르신들이 아주 맛있게 잘 드셨다. 일행 중 한국에서 온 어르신 한 분은 혼자서 세계 여행 중이라고 했다. 어르신 한국인 배낭여행자는 실로 처음 본지라 신기했다. 이분은 호찌민에 하루 더 있다가 캄보디아로 갈 예정이라고 하셨다. 적지 않은 나이에 홀로 배낭여행을 도전하는 열정에 큰 박수를 드리고 싶었다. 이분과 엄마가 연배가 비슷해서 두 분이 많은 이야기를 나누셨다.

나도 평소 같으면 맛있게 많이 먹었을 테지만, 이날은 해도 해도 너무 더웠던 날이어서 입맛이 살아나질 않았다. 또 나의 배낭에는 오늘 하루 동안 우리 가족이 먹을 물과 약간의 간식 등 무게가 나가는 것들이 많이 들어있어서 의자에 걸어 놓을 때마다 의자가 무게를 견디지 못하고 뒤로 쓰러졌다. 그 배낭을 이고 지고 다니느라 힘이 들었다. 지금 생각해 보니, 참 맛있었는데. 그곳 역시 바로 옆에 호텔이 있었는데 운영이 잘되어 보이지는 않았고 이렇게 투어로 오는 사람들의 식사 장소로만 이용하는 듯했다. 밥을 먹고 호텔 내의 작은 놀이터에서 아이들을 놀게 하고 길 건너의 수산물 시장에 구경 갔다. 반짝반짝 빛이 나는 싱싱한 해산물을 아주 예쁘게 전시해 놓고 판매하고 있었지만 사도 들고 갈 상황이 아니었기 때문에 눈으로만 구경했다.

그날, 그때까지의 여정이 별 감흥이 없었던 걸 보니, 나는 이미 지칠 대로 지쳐 있었나 보다. 이번 여행을 이끌어 온 대장으로서, 에너지가 점점 고갈되어 가고 있었던 것일까. 오늘만 지나면 한국으로 돌아간다는 아쉬움 때문에 힘이 나지 않았던 것일까.

드디어 오늘의 하이라이트! 원숭이 섬이다.

"원숭이들이 굉장히 사나운 기질이 있어서 조심해야 한다. 어제도 관광객 두 명의 안경을 채갔다. 안경 쓴 사람은 안경을 벗는 게 좋다. 모자를 조심해라. 원숭이를 향해서 사진을 찍으면 원숭이가 너의 핸드폰을 재빨리 빼앗아 간다." 가이드의 신신당부.

가이드 자신은 안경을 쓰고 있어서 너는 괜찮냐고 물어봤더니, 본인은 이곳에 7년을 드나든 사람이라 원숭이의 습성을 잘 알고 있고 오히려 원숭이들이 자기만 보면 무서워서 피한다고 그런다. 하지만 가이드 역시 끈이 달린 모자를 착용하고 꽁꽁 묶은 상태였다. 아이들의 모자에 끈이 달려 있지 않은 상황이라, '잃어버리면 어쩔 수 없지, 뭐.' 하는 생각으로 씌웠다(강렬한 햇빛 때문에 모자를 안 쓸 수는 없다).

가이드의 당부를 하도 들어서인지 원숭이 섬 입구에 들어서는 순간 괜히 긴장되었다. '우리 겁주려고 그냥 말한 거 아니야?'라는 생각마저 들었다.

저 멀리 우리를 향해 떼 지어 걸어오는 원숭이들이 보였다. 마치 원숭이들과 결투를 하러 비장하게 들어서는 이 기분.

그렇게 간담이 서늘해져서 조심조심 걷고 있는데 입구에 들어가자마자 둘째 아이가 갑자기 목이 마르다고 하는 것이다. 얘는 버스에서는 계속 가만히 있다가 투어가 시작되니 물을 마시겠다고 그러네? 사실은 배낭에서 물을 꺼내기가 너무나도 귀찮아서 "지금 물을 꺼내면 원숭이가 물 가져갈지도 몰라." 이러면서 꺼내주지 않았다. 그 모습을 본 우리 엄마께서 아들이 안쓰러웠는지 본인의 크로스 가방에서 물을 꺼내 주시려는 찰나, 순간 정적이 흐른 듯했다.

"안경 없어졌어!"

원숭이가 어느새 엄마 머리 위로 와서 안경을 홱 낚아채 간 것이다. 워낙에 순식간에 일어난 일이라 엄마는 원숭이가 머리 위로 올라간 것도, 안경을 낚아채 간 것도 못 봤다고 하셨다. 눈을 떴다 감았을 뿐인데, 말 그대로 눈 깜빡할 사이에 안경이 없어진 것이다. 오 마이 갓! 엄마는 안경을 벗으면 눈이 안 보이셔서 별생각 없이 쓰셨던 모양이다. 자세히 보니 엄마 이마는 원숭이 손톱에 긁혀서 상처가 나 있었다.

입구에서부터 안경을 빼앗길 줄이야. 그래도 다행히 입구에서 그런 사건이 발생해 공원 직원분이 바로 바나나 뭉치를 던져주었다. 그제야 그 자리에 안경을 버리고 유유히 사라진 너티한 원숭이. 가만 보니 이 녀석들의 계획인 듯하다. 인간의 안경이나 모자, 귀걸이, 핸드폰 등을 채 가면 바나나를 얻을 수 있기에 조금이라도 흐트러진 여행자를 보고 수를 쓰는 것이다. 여태껏 여행지에서 원숭이들을 많이 봐 왔지만 이렇게 얄미운 원숭이들은 처음 봤다! 한 번도 무언가를 빼앗겨 본 적이 없어서, '도대체 원숭이들이 무슨 수로 어떻게 가져가는 거야?' 하고 의심했었다.

그때부터 우리 가족은 공포에 질려서, 원숭이 섬 탐험이 아니라 원숭이 섬 공포 체험을 했다. 서로서로 손 꼭 잡고 식은땀을 쭉쭉 흘렸다. 일탈이 될 만한 행동은 아예 하지 않았다. 그런데 러시아에서 온 청년들은 핸드폰을 꺼내 놓고 사진을 잘 찍더라. 나는 작년에 남편이 선물해 준 나의 소중한 갤럭시 폰을 요놈들이 가져갈까 봐 대놓고 사진은 못 찍었다. 휴, 그렇게 긴장된 상태로 원숭이 섬을 탐험하고 철조망으로 된 매점에서 같은 팀원들을 기다렸다. 여긴 매점이 철조망으로 둘러싸여 있다. 철망 안이 사람, 철망 밖이 원숭이다. 동물원이랑 반대다.

철망 안의 사람들을 주시하며 아이스크림을 먹고 있는 원숭이

나는 여기서 기가 막힌 상상을 해봤다. 나중에, 정말 나중에 인간이 애완동물이 된다면? 딱 이런 상황. 좁은 철조망 안에 갇혀서 종일 원숭이들이 집어넣어 주는, 선택권 없는 맛없는 밥을 먹어야 할 테고, 학교도, 도서관도, 일터도 못 갈 테고. 꼼짝없이 우리에 갇혀 원숭이들이 시키는 허드렛일만 하게 된다면? 끔찍하다. 생각도 하기 싫다. 그런 일은 공상과학 영화에서나 생겼으면 한다. (갑자기 앤서니 브라운Anthony Browne 작가의 책이 떠올랐다면, 당신은 어린아이를 키우는 엄마가 분명하다!)

우리는 원숭이 섬 탐험이 끝나고 버스에 미리 올라갔다. 몇 분 뒤, 용감한 러시아인이 버스 안에서 과자 두 봉지를 품에 안고 나갔다. 이 사람은 핸드폰을 주의하라는 가이드의 당부에도 셀카를 엄청나게 찍었던 사람이다. 다행히 이 사람의 덩치가 산처럼 커서 원숭이들도 그가 무서웠는지 별일은 일어나지 않았다. 무얼 하나 싶어 창문으로 봤는데 그가 과자봉지를 터서 뿌리자마자 수많은 원숭이가 주변으로 몰려들어 먹기 시작했다. 그 찰나를 자랑스럽게 셀카로 여러 장 찍던 러시아인. 정말 대단하다, 대단해! 내가 20년만 젊었어도 그런 호기가 있었을지도 몰라.

정말 쫄깃했던 안경 납치 사건. 앞으로 원숭이가 모여 있는 곳은 다시는 가지 않을 듯하다. 예의 없는 녀석들! 어떤 여행지에서는 원숭이에게 물려서 응급실에 실려 가 파상풍 주사도 맞는다는데, 우리 엄마는 가벼운 할큄만 당한 걸 다행으로 생각해야 하려나.

껀저의 원숭이 섬은 베트남 전쟁 때 베트남군의 아지트로 쓰였다고 한다

　투어를 마치고 저번에 갔었던 껌땀 식당으로 향했다. 여행지에서 같은 식당을 두 번이나 간 것! 우리 딸이 그 돼지갈비가 정말 맛있었는지, 호찌민을 떠나기 전에 꼭 먹고 싶단다. 오늘은 덮밥에 돼지껍질, 계란 후라이, 모닝글로리 피클, 조개 두붓국까지 더 푸짐하게 시켜서 먹어보았다. 원숭이 섬에서의 아찔했던 긴장을 돼지갈비 덮밥집에서 풀다니! 그러고 보니 이틀 전에 와서 먹었을 때 뒤 테이블에 어떤 학생과 어머님이 껌땀을 먹고 있었는데 이번에도 그 둘이 똑같은 자리에 앉아서 먹고 있다. 우리도 그때 그 자리, 그들도 그때 그 자리. 먹는 것으로 하나 되는 알 수 없는 동질감을 그 여학생에게서 느꼈다.

원숭이 섬에서의 공포 체험. 엄마는 잊지 못할 일생의 경험을 하신 것 같다며 지금도 그 얘기만 나오면 "아휴" 하시며 고개를 내저으신다. 나 역시 숨이 쉬어지지 않을 정도의 공포였다. 다시는 원숭이 근처에도 안 갈 것이다!

오늘의 돈

그랩 (숙소-)여행사) : 3.8만 동
그랩 (노트르담 성당-)식당) : 3.2만 동
식당 (Com Tấm Bụi Sài Gòn) : 28.8만 동
그랩 (식당-)숙소) : 3.4만 동
쿱마켓 (Coop market) : 18.5만 동
총 57.7만 동 (약 3만 원) 지출

하이랜드 커피를 처음 맛보다!

오늘은 한국으로 돌아가는 날이다. 원래는 숙소 근처의 하노이식 쌀국수 맛집인 퍼 호아 파스퇴르$^{Phở\ Hòa\ Pasteur}$를 가려고 했었다. 이 식당은 책에서도 소개가 많이 되어 있고 리뷰도 굉장히 좋은, 호찌민에 왔으면 꼭! 들러야 할 식당이다. 그러나 뗏 기간 연휴로 무려 보름 가까이 쉰단다. 이제 베트남 사람들의 뗏 문화는 확실하게 알겠다. 아쉽게도 딱 오늘까지 쉬고 내일부터는 문을 연다고 쓰여 있다. 결국, 이 식당의 쌀국수는 못 먹고 가게 생겼다. 그래서 엊그제 갔던 캄보디아식 쌀국숫집에 다시 가게 되었다. 숙소에서 땀을 흘려가며 식당까지 열심히 걸어가는 길에 하이랜드 커피 Highland Coffee를 만났다. 이 커피는 콩 카페와 양대 산맥을 이루는 베트남 커피의 체인점으로 내가 16박 17일의 일정 동안 단 한 번도 먹어보지 못한 커피다. 어쩌다 보니 베트남을 대표하는 커피 체인을 호찌민에서 둘 다 가보게 되었다. 콩 카페는 12일 차에, 하이랜드 커피는 17일 차에. 하노이에서는 잠 안 올까 봐 못 가, 다낭-호이안에서는 호텔 조식 먹을 때 한 잔씩 먹어서 못 가. 드디어 호찌민에서 성공이다! 그것만으로도 나에게 호찌민은 의미 있는 도시가 되시겠다.

베트남을 대표하는 연유 커피인 카페 쓰어 다에 우유가 더해진 박씨우^{Bac} ^{Xiu}. 우유가 섞여서 그런지 더 고소하고 달콤했다. 3.9만 동에 즐기는 박씨우! 꿀맛이었다.

베트남을 여행할 때 계속 든 생각이지만, 베트남 음식은 왜 이리 맛있는 걸까. 베트남을 떠나기 전, '이건 꼭 더 봐야 해!'가 아니라 '이건 꼭 더 먹어야 해!' 하는 생각이 간절하다. 다른 나라를 여행할 때는 이런 생각까지는 들지 않았다. 나에게 있어서 베트남이라는 나라는 희한하게 매력덩어리인 나라다.

마침내 도착한 캄보디아식 쌀국숫집. 이틀 만에 다시 나타난 한국인들을 본 주인아주머니는 바로 알아보시고 반가워하신다. 베트남어로 뭐라 뭐라 하시는데 무슨 말인지는 잘 모르겠지만 오늘은 애들을 데리고 왔느냐고 물어보시는 것 같았다. 이 집 메뉴를 모두 시켜보기로 하고 사진에 있는 메뉴를 전부 다 가리켰다. 후띠우 세 개, 반땀^{Bánh Tầm}[31] 한 개, 분 헤오 꿔이^{Bún} ^{Heo Quay}[32] 한 개. 이렇게 다섯 가지 메뉴를 시키니 아주머니께서 손가락으로

---

[31] 직역하면 누에면. 국수면을 수공으로 만들다 보니 굵기나 길이가 일정치 않아 그 모습이 누에와 같다 하여 붙여진 이름이다. 코코넛 밀크가 들어있는 달달한 비빔 쌀국수다.

[32] 돼지 훈제 고기가 올라가 있는 비빔 쌀국수

재차 확인하시더라. '정말 다섯 개 주문하는 거 맞아?'라는 표정으로. 작은 아이 두 명이랑 여성 두 명이 와서 메뉴를 다섯 개나 시키니 황당하셨겠지. 안 그래도 베트남 민족은 소식하는 사람들인데. '다섯 개 주문하는 거 맞아요. 저희가 오늘 호찌민을 떠나는 날이라서요. 남부식 쌀국수의 추억을 잊지 않기 위해 하나하나 다 시켜보는 거예요. 지금 아침, 점심, 저녁을 한꺼번에 다 먹는 거예요. 안 그러면 후회할 것 같아서요.'라고 마음속으로 말씀드렸다.

와우! 이 집 메뉴를 다 안 시켰으면 두고두고 후회할 뻔했다. 남부식 쌀국수는 저번에 먹은 맛 그대로의 감동을 나에게 주었고, 오늘 새로 시킨 메뉴 두 개가 무지무지하게 맛있는 거다. 사진상으로는 크게 맛있어 보이지 않는데 막상 먹어보니 맛이 기가 막힌다. 만약에 호찌민에 다시 오게 된다면 이 집은 또 찾아오고 싶을 정도다.

호찌민에서 먹는 마지막 밥을 먹고 골목길을 터덜터덜 걸어갔다. 날씨는 덥지만, 맛있는 음식이 있어서 모든 게 용서되었던 도시 호찌민이다.

가는 길에 액세서리를 바닥에 깔아놓고 파는 할머니 노점상을 만났다. 빨강, 파랑, 검정의 넓은 플라스틱 머리띠를 구매했는데 모두 합해 한국 돈으로 1,500원이다. 갑자기 무슨 쇼핑이냐 만은, 나는 이런 머리띠가 무척 필요했었다. 그런데 한국이든, 베트남이든 잡화점에서 파는 머리띠들은 죄다 얇은 머리띠밖에 없다. 얇은 머리띠는 머리카락을 잡아주는 힘이 부족해서 항상 넓은 머리띠를 찾았었다. 그걸 조식 먹고 나오는 골목길의 길바닥에서 발견하다니. 인생은 참 타이밍이다!

그런데 이 할머니는 내가 고르면 고를수록 다른 액세서리를 보여주며 계속해서 영업 들어오신다. 집게 핀도 보여주시고, 아이들 머리핀도 보여주시고. 내가 오늘 첫 손님이자 마지막 손님이 될 수도 있겠다는 짠한 마음이 들어서 다른 액세서리들도 충동 구매해 드렸다. 함박웃음을 짓는 할머니를 보니, 하노이에서 갔던 여성박물관이 떠올랐다. 그 박물관에 전시되어 있던 사진들 속 할머니가 생각났다.

길에서 여러 액세서리를 팔던 할머니

이제 나는 한국으로 돌아가는 게이트 앞에 앉아 있다. 오후 두 시 비행기니, 시차까지 생각하면 한국 도착 시각이 저녁 아홉 시다. 16박 17일의 베트남 여행. 우리 아이들에게, 우리 엄마에게는 어떤 여행이었을까. 여행 준비 초반에는 들떠서 그렇게 신나게 준비하다가 일, 집안일에 지쳐 점점 힘을 잃고 내버려뒀다. 그래서 여행 떠나기 직전까지도 소소한 일정은 계획하지 못하고 대략적인 큰 틀만 잡아두었다. 그런데 막상 여행을 와보니, 내가 기대했던 것보다 정확히 100배! 더 즐겁고 재미있었다. '조만간 기필코 다시 방문하리라!'라는 강한 의지가 드는 걸 보니 말이다.

한국행 비행기에 탑승하여 이런저런 생각을 하다 보니 저녁 아홉 시. 벌써 한국 도착이다. 호찌민의 그 뜨거웠던 여름을 뒤로하고 한국에 오니 영하 4도. 정확히 40도 차이다! 2월 말이었지만, 아직 추위가 가시지 않아 체감상 한겨울이었다. 지방민인 우리는 밤중에 우리가 사는 도시로 가기가 모호해서 다시 캐리어를 끌고 운서역의 한 비즈니스호텔로 향했다. 어찌나 춥던지. 뼈를 파고드는 추위였다. 하루 만에 40도 차 온도를 경험하다니.

오늘의 돈 💵

카페 (Highland Coffee) : 3.9만 동
식사 (Sa Đéc Quán) : 20만 동
길거리 액세서리 : 5만 동
그랩 (식당-)숙소 : 2.9만 동
그랩 (숙소-)공항 : 12.7만 동
총 44.5만 동 (약 2.5만 원) 지출
16박 17일간 베트남 여행의 총 경비 : 약 800만 원

나의 호찌민 숙소 🏠

Sherwood Suite

취사 시설이 있는 레지던스형 호텔이다. 실제로 이곳에 장기적으로 사는 서양인들도 상당히 있는 듯했다. 첫날 호텔에 도착하여 택시에서 내렸을 때 어떤 젊은 서양인 부부와 한 살배기 아기가 멋지게 드레스 업하고 최고급 오픈 클래식 카에 타는 걸 보았는데, 한눈에 봐도 파티에 가는 듯 보였다.

호텔 자체는 오래되었지만 리노베이션을 거쳐 깨끗하고 깔끔했다. 방 내부는 기존의 목공 구조를 유지한 채 올 화이트로 새로 칠해져 있었고, 화장실은 비앙코 스타일[33]의 타일과 금속 수전으로 반짝반짝 빛나고 있었다. 화장실만 제대로 리노베이션한 듯했다. 그래도 뭐 어떠랴. 나는 주방 있고, 깨끗하기만 하다면 인테리어의 조화 따윈 상관없는 사람이다. 이번 숙소

33 하얀 대리석에 약간의 회색 무늬가 섞여 있는 무늬

역시 굉장히 만족스러웠다. 바깥이나 벽에서 들리는 소음도 없어서 편하게 묵을 수 있었던 숙소다. 3군에 있는 이 호텔은 관광지가 몰려있는 1군과 가까워서 쉽게 관광지로 갈 수 있었다. 특히 전쟁 박물관과는 지척이어서 호찌민에서의 방문 1순위였던 전쟁 박물관을 걸어갈 수 있어서 좋았다.

그리고 이 숙소의 가장 큰 장점! 엎어지면 코 닿는 거리에 쿱마켓이 있다. 우리나라로 치면 롯데 마트나 이마트 정도의 큰 마트라서 생필품부터 신선식품, 옷, 신발 등 없는 게 없었다. 우리는 숙소에서 종종 음식을 해 먹었기 때문에 음식에 필요한 여러 식재료를 아침, 저녁으로 사다 요리해서 먹었다. 엄마가 되고 나니, 숙소에서의 관광지 접근성도 중요하지만, 가장 중요한 것은 큰 마트다. 한창 커나가는 우리 아이들에게 매번 밖에서 조리된 음식을 사 먹일 수는 없는 일이기에. 이건 엄마의 양심이다. 나 역시 남에 의해 차려진 밥상이 좋다. 음식을 차리기까지의 노동과 다 먹은 후의 뒤처리를 싫어하지만, 또 무엇보다도 여행 와서까지 요리하고 싶지는 않지만, 우리 가족의 건강을 위해 하루 한 끼 이상은 숙소에서 직접 만들어 먹이려고 하는 편이다.

호찌민에서 나는 …

처음 호찌민에 발을 내디뎠을 때는 수도인 하노이보다 많이 발전되어 있다는 생각이 들었고, 화려한 시내의 모습에 조금 주눅 들었다. 휘황찬란한 거리나 빌딩은 나에게 더는 새롭지 않다. 첫날 밤에 저녁밥을 먹으러 호텔 근처와 1군의 거리를 돌아다녀 봤는데 세련되고 현대적인 모습이 눈에 많이 보여서 별로였다. 그리고 베트남 여행을 통틀어 가장 높은 물가에 그리 매력적이지 않았다. 물론 한국보다야 싸지만 나는 이미 하노이와 다낭에서 저렴한 물가를 경험한 터라 같은 물건을 훨씬 비싼 가격으로 사고 싶은 마음이 잘 들지 않던걸. 하지만 그것은 호찌민을 처음 대했을 때 겉모습만 보고 판단한 것이었고, 현지의 삶으로 들어가 보니 매력적인 요소들이 많았다. 우리가 두 번이나 방문했던 껌땀 식당이나 후띠우 식당만 해도 현지의 소박하고 여유로운 분위기를 느낄 수 있었고, 수상 버스를 타고 갔었던 탄다 섬 역시 오래 있고 싶다는 생각이 많이 들었다. 하긴, 단지 5박을 해 보고 호찌민이 매력적인 도시다 아니다는 논할 수 없다. 하지만 점점 겪어 볼수록 좋은 마음이 드는 도시임에는 분명하다.

또 우리가 방문한 달이 2월이었음에도 불구, 36~40도라는 뜨거움을 자랑하고 있었던 호찌민이다. 한국-하노이-다낭-호찌민을 거치면서 영하의 온도부터 쭉쭉 올라가 40도까지 보름 만에 경험해 보다니! 세상에 이런 경험도 없을 것이다. 푹푹 찌는 여름 날씨지만, 에어컨이 없는 식당도 많고, 있어도 아주 약하게 틀어져 있어서 특히 엄마와 아이들이 고생했다. 호찌민에서의 기가 막힌 더위를 경험하고 한국으로 돌아온 후 한순간에 영하 4도의 기온을 접했다. 베트남 여행 기간 짐처럼 가지고 다녔던 얇은 경량 패딩으로 추위를 막기에는 턱없이 부족했다. 큰 기온 차이로 인해 모든 여행이 끝나고 난 후, 나의 사랑스러운 아이들은 감기에 걸려 버렸다!

원숭이 섬의 맹그로브 숲

#먼저

혹시라도 원숭이의 공격을 당할까 봐
주변을 살피고 있는 아들의 모습

#견저

Epilogue

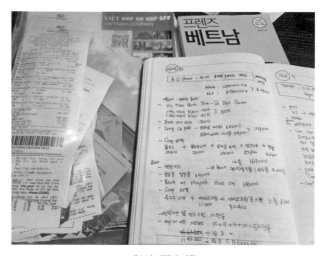

베트남 여행의 기록

   나는 여행을 아주 좋아하는 편이다. 이 취미와 열정은 내가 남편과 결혼한 후, 신혼여행을 다녀와서부터 본격화되었던 것 같다. 남편과 함께한 여행이 너무나도 행복했기 때문이다. 항상 어디론가 떠나고 싶은 생각을 가지고 사는 게 취미라고 할 정도로 여행을 좋아한다. 여행을 가기 전 호텔을 예약하고 여행지에 관해 공부하는 것이 설레고 즐겁다. 그런 나도, 막상 여행지에서의 기간이 길어지면 한국 음식이 그리워지는데…… 베트남에서는 전혀 그렇지 않았다. 반대로 오히려 지금도 쌀국수와 망고가 그립다.

베트남 여행은 여태껏 해왔던 다른 여행과는 좀 달랐던 게, 일단 공부할 시간이 많이 부족했다. 여행을 가기 전에 내 일이 바빴고, 그렇다고 집안일을 안 할 수는 없는 노릇이기에 살림에도 신경 쓰느라 여행지에 대해 알아볼 시간이 많이 없었다. 시간 나는 틈틈이 도서관에서 책도 많이 빌려보고, 인터넷으로 정보도 많이 찾아보았지만, 제대로 준비하지 못해서 조금 불안했다. 항공권과 숙소, 여행 가서 볼 공연과 체험은 모두 예약했지만, 막상 가서 어떤 동선으로 어떻게 움직일지는 세세하게 일정을 짜 놓지 못했다. 어린아이들이 있어서 일정에 언제 변수가 생길지 모른다는 합리적인 핑계를 가지고서 말이다. 특히 여행은 아는 것이 힘이라고 많은 정보를 가지고 갈수록 실수하지 않고 시간을 절약할 수가 있는데…. 그래서 처음에는 막막했다. 이 여행을 어떻게 잘 꾸려나갈지 막연하기만 했다.

하지만 이번 여행은 완벽한 준비 없이 (나는 P와 J의 어느 중간쯤에 위치하는 사람이라 아예 준비 없이 가지는 않았다는 전제하에 생각해 주시라.) 가서인지 재미있는 돌발 상황도 많았고, 우연히 얻어걸린 보석 같은 추억 또한 많았다. 그리고 제일 중요한 음식! 어느 곳에 들어가도 실패한 적이 없었다. 하긴, 완벽하게 계획을 짜서 갔는데 뜻대로 진행되지 않으면 이보다 더 큰 스트

레스도 없겠다. 평소보다 턱없이 부족하게 준비했던 여행이었지만 입에 잘 맞는 먹거리가 있어서 더욱더 풍부한 여행이 되지 않았나 싶다.

일반적으로 여행을 다녀오면 그 기간 충분히 그곳을 즐겼기에, 돌아와서 추억을 곱씹어보는 정도에 그치지 다시 그곳에 갈 준비를 하진 않는다. 이번에는 베트남 여행에서 돌아오자마자 정확히 두 달 뒤의 다낭행 항공권을 구매했다. 오자마자 항공권을 샀다는 것은 그만큼 베트남이라는 나라에 빠져들었다는 증거가 아닐까.

호이안에서 받았던 최악의 마사지조차 추억으로 남는 베트남. 나는 베트남에서 먹었던 쌀국수, 반쎄오, 껌땀, 그리고 망고를 비롯한 여러 열대과일의 맛을 잊지 못한다. 음식 맛으로는 여태껏 먹어본 해외 음식 중에 1등이다. 맛있는 음식을 보면 기분이 좋아지는 나에게 베트남 음식은 여행지로서의 매력 지수를 올리는 데 8할 이상의 역할을 했다.

그리고 내가 살아오면서 그다지 관심 두지 않았던 베트남의 문화와 역사를 이번 기회에 자세히 알게 되어 기쁘다. 이 나라에 오지 않았다면 베트남 전쟁의 가슴 아픈 상처를 잘 몰랐을 것이다. 또 새벽에 산책을 몇 번 다녀본 결과, 베트남인들도 한국인들처럼 매우 근면 성실함을 느꼈다. 새벽마다 자신의 집 앞을 깨끗하게 쓸고 있던 그들. 아침 일찍 장사 준비를 하던 그들이 아직도 눈앞에 선하다. 길거리에 떼로 다니는 오토바이 부대들도 나에겐 신선한 충격이었고, 오토바이나 자전거에 짐을 산더미처럼 싣고 다니는 것도 신기했다.

이렇게 재미있는 여행을 사랑스러운 나의 두 아이와 그동안 고생 많이 하신 천사 같은 우리 엄마와 함께하게 돼서 기쁘다. 우리 아이들과 친정엄마께서도 17일간의 베트남 여행을 특별한 기억으로 간직해 주면 좋겠다.

이제 첫째 아이는 초등학교 4학년이 되었고 둘째 아이는 초등학교 1학년에 입학했다. 두 녀석 다 기어다닐 때가 엊그제 같은데, 그동안 서로 울고 웃으면서 인생의 참 시간을 같이 견디고 성장했다. 학교에서 돌아오면 두 아이 모두 오늘 하루 동안 있었던 이야기를 재잘재잘 들려준다. 왼쪽으로는 딸의 말을, 오른쪽으로는 아들의 말을 한꺼번에 들어야 할 정도로 많이 이야기한다. 그러다가 서로 말하겠다고 싸우기도 다반사다. 지난여름에 갔던 말레이시아 여행 이야기도, 베트남 여행 이야기도 빠짐없이 등장한다. 아이들이 하나같이 입을 모아 말하는, 제일 즐거웠던 경험은 바로 다낭의 바나힐. 역시 아이들이란. 바나힐의 루지를 못 타 본 것, 놀이동산에서 조금밖에 못 놀았던 것이 그렇게 서운하다고. 우리 집에서는 말 그대로 이야기꽃이 핀다. 얼마나 큰 행복인가.

작은 바람이 있다면, 언젠가 우리 남편도 시간을 내어 보석 같은 장기여행을 같이해 보는 것이다. 네 명이 해외 여러 나라를 여행하며 현지 생활을 해 보고 싶다. 무엇보다 우리 남편과 소중한 시간을 많이 가져 보고 싶다.

그날을 기약하며 일도, 살림도, 육아도 열심히 해야겠다.

어디론가 떠나고 싶다는 생각을 마음속으로만 간직한 분들이여, 이 책을 읽고 용기를 가졌으면 한다. 너무 긴 기간이 부담된다면 4박이나 5박 정도부터 시작해 보는 것도 나쁘지 않다. 여행은 분명 인간에게 삶의 활력을 가져다준다. 즐거운 여행을 하고 돌아오면 그 기쁨을 가지고 많은 일에 열정을 쏟아부을 수 있으니까.

Summer의 방학여행은 계속된다.

P.S 베트남 장기여행을 다녀온 지 불과 몇 개월이 안 되어 다낭과 하노이에 다시 다녀왔다. 이번에는 세상에서 하나뿐인 우리 남편과 함께 가족여행으로 말이다. 다낭에서는 아이들이 좋아했던 바나힐에 한 번 더 방문했고, 하노이에서는 첫 베트남 여행 때 시간 부족으로 미처 방문하지 못했던 호찌민 묘소, 하노이 기찻길, 베트남 국립 도서관, 탕롱 황성, 하롱베이, 그랜드 메가 월드 등에 다녀왔다. 4인 완전체로서 하는 가족여행은 말해 뭐하리. 행복이 배가 되는 여행이었다.

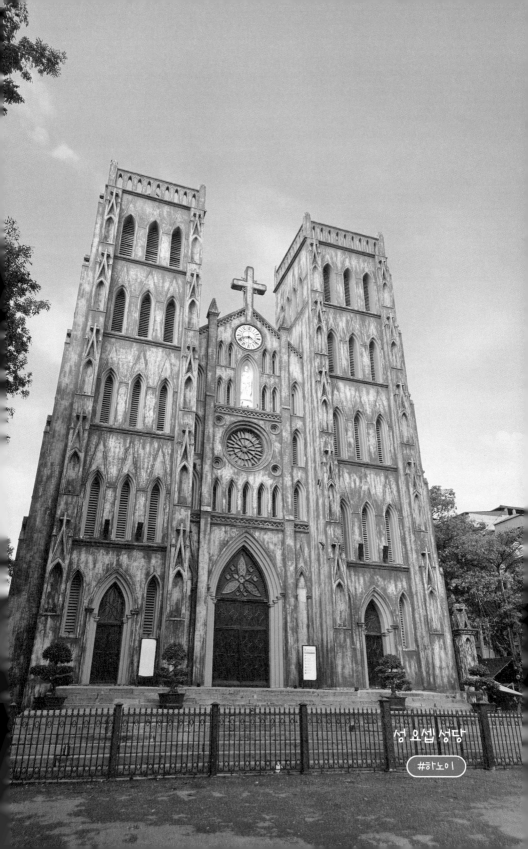

성 요셉 성당

#하노이

기찻길 카페

#하노이

메가 그랜드 월드에서 신난
우리 아이들

#하노이

산책하기 좋았던 탕롱 황성

#하노이

메가 그랜드 월드,
우리의 여행은 계속된다!

#하노이